Carlos Fred Martins

O OLHAR DA VÍTIMA

A história real de um ataque de tubarão

© 2013 - Carlos Fred Martins
Direitos em língua portuguesa para o Brasil:
Matrix Editora - Tel. (11) 3868-2863
atendimento@matrixeditora.com.br
www.matrixeditora.com.br

Diretor Editorial
Paulo Tadeu

Capa
Alexandre Santiago

Diagramação
Tabata Resende

Revisão
Silvia Parollo
Adriana Wrege

Dados Internacionais de Catalogação na Publicação (CIP)
SINDICATO NACIONAL DOS EDITORES DE LIVROS, RJ.

Martins, Carlos Fred
    O olhar da vítima: a história real de um ataque de tubarão / Carlos Fred
Martins. - 1. ed. - São Paulo: Matrix, 2013.
    152 p.; 21 cm.

1. Romance brasileiro. I. Título.
13-05197
                                      CDD: 869.93
                                      CDU: 821.134.3(81)-3

PREFÁCIO

Confesso que, quando o Fred me convidou para escrever o prefácio de seu livro, fiquei surpreso. Justo eu, convicto defensor dos tubarões, sendo convidado para apresentar o livro de uma vítima.

Estive em Recife entrevistando várias vítimas de ataque de tubarão durante a produção do documentário *Rebelião de Tubarões*, e constatei que tanto eles quanto a maioria da população local é mal-informada sobre o tema. Eles acreditam que a solução para o problema dos ataques é exterminar os animais.

Que sentimentos Fred teria? Ódio? Rancor? Seria ele um daqueles malucos que querem exterminar os tubarões?

Porém, logo em nossa primeira conversa, percebi que Fred é um cara diferente, esclarecido. Superou o trauma, estudou a questão a fundo e fala com a autoridade de quem sentiu o problema na carne, literalmente.

Sempre defendi a tese de que os tubarões de Recife são tão vítimas quanto as pessoas atacadas. Atacam porque danificamos seu hábitat, diminuímos sua oferta de alimento e soterramos uma de suas áreas de reprodução.

Mesmo assim os tubarões insistem em sobreviver. Esses formidáveis animais estão em nosso planeta desde antes dos dinossauros, dominando os oceanos. Eu, que já fiz mais de mil mergulhos sem gaiola de proteção com mais de 50 espécies de tubarão, aprendi a admirá-los. A forma majestosa com que cruzam as águas me traz a consciência do quanto nós, humanos, somos insignificantes diante do poder da natureza.

De todas as características dos tubarões, a que mais me impressiona é sua incrível capacidade de se adaptar. E justamente essa característica me marcou na história do Fred. A capacidade de ele se adaptar à sua nova condição após perder o pé esquerdo e até se beneficiar dela. Fred é um sobrevivente, assim como os tubarões. Não lamenta o fato, mas busca entender e achar formas para que se diminua o número de vítimas e até alternativas para a cidade de Recife se beneficiar com a situação. Sua narrativa traz um estudo profundo sobre a problemática dos ataques de tubarão em Recife, uma visão lúcida de como a mídia sensacionalista explora a situação e, acima de tudo, uma lição de vida de como encarar os problemas e dar a volta por cima.

E que volta! Como amante dos oceanos, ele até aceitou minha sugestão de mergulhar com tubarões na sua visita ao Havaí. Parabéns, Fred!

A você, leitor, eu desejo um bom mergulho em *O Olhar da Vítima*. É uma narrativa educativa, comovente e inspiradora.

Lawrence Wahba [1]

---

[1] Lawrence Wahba é cinegrafista submarino e produtor de documentários para canais de televisão, como Discovery Channel, National Geographic, GNT e outros. Com mais de 3 mil mergulhos em mais de 30 países, Lawrence é profundo conhecedor dos ataques de tubarão em Recife e, inclusive, fez o documentário *Rebelião de Tubarões*, rodado em Recife e em diversos países.

REMANDO

Remando, remando. Braços firmes para furar a arrebentação, braços rápidos para não perder a oportunidade de entrar na melhor onda do dia. A remada é um movimento básico no surfe, e é remando, tentando vencer mais um desafio em minha vida, que inicio o meu relato. Porém, antes de topar esse desafio difícil (escrever um livro, algo inédito para mim), achei oportuno expor aqui as minhas razões e sentimentos ao tomar essa iniciativa. Quem ler as próximas páginas de minha experiência e de situações que presenciei vai entender melhor os motivos desse registro.

Em 1994 fui vítima de um violento ataque de tubarão, em consequência do qual tive meu pé esquerdo arrancado. Essa é uma situação que não gostaria que ninguém vivenciasse, pois, além de assustadora e dolorosa, é imprevisível, não se sabe o que vai acontecer em seguida: sobreviverei ou virarei, literalmente, comida de peixe? Após uma situação como essa, fica difícil não criar uma relação com os tubarões, seja pelas lembranças e desejos ruins, que semeiam pesadelos agonizantes durante o sono, seja pela busca de uma melhor compreensão sobre o comportamento do animal e, é claro, das pessoas em relação a ele.

Sempre achei sensacionalistas as diversas abordagens da mídia aos ataques de tubarão no mundo e, mais particularmente, no Brasil. Quem entende um pouco de como funciona a indústria da comunicação sabe que ela é movida a audiência e que, por mais estranho que seja, a desgraça alheia é algo que sempre desperta a curiosidade da grande massa. Quando vai ao ar uma matéria sobre a situação de uma vítima de ataque de tubarão, parece que a audiência está "salivando" para ouvir mais uma história sangrenta, pormenorizando tudo aquilo que vai além do fato. As pessoas esquecem que ali, acima de tudo, encontra-se um ser humano com vida, com um futuro pela frente, com sonhos, valores, ideias e opiniões. Um ataque de tubarão ou um acidente de carro que deixem sequelas físicas ou psicológicas mudarão, de alguma forma, a rota da vida daquele indivíduo. Infelizmente, aos olhos da plateia, tudo se resume ao entretenimento, seja ele derivado de uma guerra, de um acidente de carro ou, como no meu caso, de um ataque de tubarão. Por isso, tentei contribuir ao máximo para expandir a percepção daqueles que leem meu depoimento, apresentando-lhes informações mais íntimas relacionadas às consequências do ataque, meus sentimentos em relação ao ocorrido, o que mudou em minha vida e como eu encaro as consequências do acidente.

Como trato aqui de um assunto polêmico (não só no Brasil, mas no mundo inteiro), nada mais natural que as opiniões sejam as mais diversas possíveis. Os especialistas falam que os ataques de tubarão são consequências do fator A ou B. Já os que se dizem especialistas no assunto informam que o animal responsável pelo ataque era fêmea ou macho por conta do ângulo da mordida. Os jornalistas especulam que essa situação afugentaria os turistas da região. Os políticos, por sua vez, dizem que é fatalidade e que a culpa é dos surfistas ou da oposição... Alguns comerciantes da praia reclamam porque as notícias estão afugentando os clientes e, ao mesmo tempo, outros estão ganhando dinheiro vendendo camisetas com a imagem do tubarão estampada. E o que nós, vítimas, achamos dessa situação toda? Quando vejo entrevista de uma vítima com sequelas resultantes de ataque de tubarão, o interesse do entrevistador resume-se a: "Como foi seu ataque?". "Doeu muito?". "Você viu o tubarão?". "Como ele era?". É como se tivéssemos visto a morte em carne e osso, e a curiosidade em saber como ela era é insaciável. Eu mesmo respondi várias vezes a essas perguntas, até que chegou um momento em que coloquei na cabeça que não iria mais alimentar esse circo sensacionalista para divertir ou entreter plateias. Isso interessa? Sim, mas há outras coisas que também são interessantes conhecer. Não quero que as pessoas vejam as vítimas de ataque como meras estatísticas. Sabe quando lemos nos jornais que 10 soldados morreram em uma determinada guerra ou que, nesta madrugada, um homem foi assassinado na porta do bar? Muitas vezes vemos essas notícias passarem despercebidas, porque trazem dados estatísticos, números, gráficos.

Quando mergulhamos a fundo na história da vítima, passamos a conhecer melhor e a nos envolver sentimentalmente com a sua realidade, mudando, assim, nossa visão fria da situação para algo mais humano, que muitas vezes altera a nossa percepção das coisas e de encarar o mundo.

Ao mesmo tempo, no meu relato, apesar dos pesares, tento desmistificar um pouco esse retrato falado dos tubarões, que impregna o imaginário das pessoas. É curioso, para não dizer lamentável, ver como as pessoas reagem ao se depararem com um tubarão que foi trazido por pescadores depois de uma pesca. Quando ele chega vivo, as pessoas chutam, xingam, agridem o animal, despejando nele toda a ira que brota a partir de algo que não sabemos explicar o que é nem de onde vem, pois parece irracional. Seria a vingança pela violência urbana? Pela guerra do Iraque? Pelas crianças passando fome na África? Pelo tráfico de drogas do Rio de Janeiro? Pode ser que sim. Não que ele, o tubarão, seja culpado por isso, mas talvez as pessoas enxerguem ali um momento oportuno para descarregar sua raiva em "alguém" maior, mais forte e temido, e para dissipar o ódio acumulado, cultivado pelo próprio homem (que criou essas mazelas) e que toma força com a ignorância da desinformação. Obviamente, ser atacado por um tubarão não é um caso comum, com que as pessoas se deparam no dia a dia. É incrível quando falam sobre o ocorrido comigo. As pessoas ficam chocadas, algumas por conta da situação violenta que vivi e outras por enxergarem em mim alguém vitorioso, que superou o trauma. É lógico, não é fácil passar por uma situação como essa. Mas, já que passei, tenho que me adaptar a essa nova realidade e colher algumas lições disso e, por que não, aproveitar as vantagens de ser uma pessoa com sequela física. Por isso, conto aqui o que foi o meu ataque, mas sem sensacionalismo, com muita seriedade e relatando todas as sensações que vivi naquele momento de minha vida, em 1994, na Praia de Boa Viagem, na cidade de Recife, no estado de Pernambuco, Brasil.

Parte das vítimas dos ataques ocorridos em Recife naquela época tinha uma coisa em comum: a paixão pelo surfe. Estou conectado a elas não só pelo que sofremos, em graus diferentes, é claro, mas por querermos estar próximos à natureza, praticando um dos esportes mais mágicos que existem no mundo. Em particular, em algum momento, tomei a decisão de mergulhar na aventura das ondas e passar horas, todos os dias, na praia. Como tudo começou? Quais as razões que me levaram a me apaixonar por um esporte que desperta tanta admiração das pessoas no mundo inteiro? Ao mesmo tempo, qual era o contexto que existia naquela época para quem praticava esse esporte? O palco de tudo isso foi a praia que estava ali a poucos passos de minha casa: Boa Viagem. Suas areias testemunharam de perto momentos de alegria e diversão, mas também de pânico e desespero. Esse espaço natural tem uma importância muito grande para a população da cidade de Recife, provendo uma área de lazer democrática para os seus frequentadores e atraindo turistas do mundo inteiro em razão de suas belezas. Por isso, esse mesmo palco, após todos os ataques registrados, se tornou também uma arena de discussões, em que foram proferidas declarações equivocadas de legisladores da cidade, amplificadas pelas matérias de jornal e que batiam de frente com as propostas dos praticantes de surfe.

Misturados às minhas ideias, inseri neste relato comentários de várias pessoas que estiveram comigo antes, durante e depois de meu acidente, para permitir que sejam ouvidos também o sentimento e a opinião delas sobre o ocorrido comigo e os ataques de forma geral. Também achei importante colocar a opinião de especialistas que consultei para dar credibilidade aos comentários que considero mais técnicos. Todos os depoimentos foram colhidos exclusivamente para a composição deste livro.

A minha quase fatal interação com o tubarão trouxe mudanças radicais no rumo de minha vida. Experimentei e ainda experimento tudo de ruim e de bom que um acontecimento como esse proporciona. Apesar de toda dificuldade que vivi, me considero um guerreiro. Para quem escolheu continuar a aventura de viver, as batalhas do dia a dia ficam mais desafiadoras quando se está em desvantagem física em relação aos outros. É preciso se adequar para vencer. E vencer em um contexto mais difícil do que o normal é ainda mais instigante, e foi o que me motivou a escrever este relato.

Eu consigo me lembrar de muita coisa que aconteceu naquela época, mas confesso que, com o passar dos anos, estou perdendo cada vez mais os detalhes dos fatos. Nada mais adequado, portanto, do que registrar essas memórias por escrito em um livro. Muitos comentam quando escutam a minha experiência: "Pelo menos você viveu para contar a história". E é também por isso que decidi escrever esse registro. Tentarei, nas próximas páginas, contar essa história para você, que vai conhecer um pouco do que eu, uma pessoa simples como outra qualquer, vivenciei durante e, principalmente, após aquele dia terrível. Isto aqui não é ficção. Trata-se de *O Olhar da Vítima*.

AGRADECIMENTOS

Agathi Kiskini, Jorge Alves Martins, Maria José Gomes Martins, Tatiane Strueber, Julião Lemos, João Carlos, Iuri Tubino, Professor Fábio Hazin, Ana Paula Leite e Instituto Oceanário de Pernambuco, Letícia Loder e Marcos Giesteira, Lawrence Wahba, Laboratório do Rato – Ilhabela (SP), Daniel do Valle Santa Cruz, Benira Maia, Wladmir Paulino e Equipe Jconline, Fernando Costa Netto, Aldrin Ferraz e *Revista Trip*, *Revista Capricho*, Luciano Ferrero e *Revista Fluir*, Iale Alves, Henrique Barbosa e *Folha de Pernambuco*, Rodney Fox e Silvy Fox, Marie Levine e Shark Research Institute, Rebeca Mulatinho, Demétrio Lima, Gregg Taylor e Turbo Surf Austrália, Dra. Raquel Fernandes, Ottobock, Fiona Sunquist e WildFlorida.com.

*Os ventos, que às vezes tiram
algo que amamos, são os
mesmos que trazem algo que
aprendemos a amar...
Por isso não devemos chorar
pelo que nos foi tirado, e sim,
aprender a amar o que nos foi
dado, pois tudo aquilo que é
realmente nosso nunca se vai
para sempre...*

Bob Marley

*Em meados de 1994, tínhamos o surfe como um estilo
de vida e relacionamento com a natureza e os amigos.
Construíamos uma identidade e fortalecíamos as amizades
por meio dele. Sentíamos que dentro do mar éramos
completamente livres, não pensávamos em mais nada além
de estar com os amigos dentro da água.*

**Iuri Tubino – amigo e ex-praticante de surfe na Praia de
Boa Viagem – Recife (PE)**

A VÍTIMA E SUA PAIXÃO

Recife, 1º de junho de 2008. Um adolescente de 14 anos é atacado por tubarão na Praia de Piedade, em Jaboatão dos Guararapes. O banhista teve a mão e as nádegas arrancadas. Manhã do dia 11 de junho de 2008, na Praia Del Chifre, em Olinda, mais um jovem de 14 anos é atacado por tubarão, recebendo um ferimento profundo na perna esquerda. Detalhe: a área havia sido interditada para a prática do surfe fazia algum tempo, pelo fato de outros ataques terem ocorrido no mesmo local. No dia 22 de julho de 2013 uma banhista é atacada na Praia de Boa Viagem e teve seu resgate filmado por câmeras de segurança e celulares, mas não sobrevive aos ferimentos e falece no final do dia. Até 22 de julho de 2013 foram contabilizados 59 ataques no estado. Para quem viu os noticiários ou matérias publicadas em revistas sobre os ataques de tubarão em Pernambuco, as vítimas nunca passaram de dados estatísticos. Apesar de esses números serem surpreendentes, as histórias das vítimas são de tirar o fôlego. Tanto daquelas que sobreviveram quanto das que faleceram em consequência dos ataques.

Começo meu relato citando situações e utilizando a palavra vítima. Os defensores dos animais que por acaso estiverem lendo estas linhas provavelmente estarão imaginando: "Vítima de quê, se você é que estava no hábitat dos tubarões?". Calma. Se me autodenominei vítima, é porque considero que existem culpados, mas eles, certamente, não são os tubarões. Muito pelo contrário, eles também são vítimas. Mas essa é uma questão em que entrarei em detalhes mais adiante. Ter parte da perna arrancada em um contexto tão inesperado nunca passou pela minha cabeça, e nenhum de nós gostaria de perder parte do corpo em uma situação tão violenta e incomum como foi a minha. Como encarar tal situação no momento em que tudo acontece e quando aquele famoso filme de sua vida, de que as pessoas tanto falam, está passando pela sua cabeça? Depois de conseguir sobreviver, como encarar o dia a dia de forma normal e seguir em frente sem problemas? É complicado. Alguns levam numa boa, outros piram de vez. Cada pessoa é um mundo, e as reações podem ser as mais diversas possíveis, principalmente em situações desesperadoras como essa. Por isso, acho importante falar um pouco de mim para que você tenha uma ideia de quem sou e tentar entender as razões de minhas reações. Meu nome é Carlos Frederico Gomes Martins. Nasci em 31 de maio de 1979 na cidade de Recife, a cidade dos contrastes: da riqueza e da miséria, do progresso da tecnologia da informação e do atraso do pensamento conservador, do democrático carnaval de rua e dos muros altos das casas e edifícios do bairro de Boa Viagem. Classifico-me como uma pessoa que sempre gostou muito de ter amigos, de inventar coisas novas e, como dizem alguns, às vezes muito impulsivo. Mas só às vezes. É da minha personalidade.

Sempre pratiquei esportes e fiz natação quando criança. É incrível como a natação serve pra tudo. Se o garoto é problemático, coloca na natação para ele relaxar. Se ele tem asma, natação nele para educar a respiração. Se ele quer fazer algum esporte e não sabe qual, natação como sugestão. Mas eu nunca fui muito fã de natação. Sempre achei a natação um esporte de pessoas que tinham alguma doença, opinião que não tenho mais. Creio que fiz todos os esportes a que tinha direito. Além da natação, como falei, joguei futebol, basquete e vôlei – fui levantador no time mirim masculino do extinto Colégio Marista Recife. O ataque de tubarão aconteceu na época em que eu estudava no primeiro ano do segundo grau. Estudar no Colégio Marista Recife fez toda a diferença para mim, pois recebi um apoio muito grande de meus colegas de turma, da direção do colégio e de pessoas que nem conhecia na época.

Atualmente sou formado em Turismo, ou, como denominamos, sou turismólogo, profissão que escolhi seguir depois de ser reprovado no vestibular de Publicidade da Universidade Federal de Pernambuco. Na realidade, nunca me vi como médico, advogado ou engenheiro. Ao contrário do que muitos fazem, que é buscar uma profissão que renda possivelmente um alto salário, procurei algo em que eu pudesse trabalhar a minha criatividade. Foi aí que escolhi turismo, atividade extremamente dinâmica e rica em oportunidades, apesar de todo o amadorismo que vivemos no mercado brasileiro e de uma visão errada que muitos têm da atividade: ser turista é diferente de planejar o turismo, que é o papel de nossa profissão. O interessante disso é que, mais à frente, pelo fato de o ataque ter ocorrido comigo, a profissão que escolhi me colocou em uma posição ofensiva em relação às críticas que fazia contra opiniões que achava conservadoras sobre o turismo do estado. Em 2007, muito tempo depois do acidente, fui entrevistado pela primeira vez pelo *Jornal do Commercio*[2] (jornal local) para dar a minha opinião profissional sobre os impactos dos ataques de tubarão no turismo do estado de Pernambuco.

Logo que me formei, em 1999, ingressei na especialização em Propaganda e Marketing pela Universidade Federal de Pernambuco, na tentativa de fazer um link entre meu antigo desejo, publicidade, com a profissão que havia adotado. Vivo até hoje das escolhas que fiz. Posso não estar rico, mas não

---

2 http://www2.uol.com.br/JC/sites/tubarao/materia_ideias.htm. Entrevista feita pelo *Jornal do Commercio* em sua matéria especial sobre os ataques de tubarão em Pernambuco.

me arrependo delas. Talvez por isso eu seja extremamente engajado na defesa de minha profissão. Ela me fez ingressar no meu primeiro grande emprego, que foi coordenar um curso de Turismo em uma faculdade recém-criada e, posteriormente, me fez partir para outras instituições de ensino. Fui professor por um bom tempo e gostava do que fazia. Em muitos momentos, ser professor me trouxe experiências únicas. Ter sido o professor homenageado em 2006 e em 2008, por exemplo, foi uma dessas alegrias que temos quando reconhecem o nosso esforço em sala de aula. A minha formação também me fez abrir, em 2002, junto com outros colegas, o Instituto de Assessoria em Turismo – Ideatur, uma empresa de consultoria em turismo. Esse, sim, um grande desafio aqui no Brasil: ser dono do seu próprio negócio. Além de enfrentar os tubarões da Praia de Boa Viagem, tive que enfrentar o leão do imposto de renda e todas as taxas que temos que pagar para poder manter um negócio funcionando dentro da legalidade. Em 2008, os sócios decidiram fechar a empresa, muito mais por falta de tempo e interesse do que de dinheiro para investir. Cada um possuía uma prioridade naquele momento que não era a empresa. Procurando a raiz de onde tudo começou em relação a mim e ao surfe, terei que falar de um amigo de colégio que surfava naquela época: Iuri. Não lembro, mas eu deveria ter uns 12 anos, e ele, mais velho, uns 13 ou 14. Na realidade, nos conhecemos quando vimos que morávamos no mesmo bairro, próximos, e pegávamos a mesma linha de ônibus para ir para casa. Assim, quando meu pai ia nos pegar no colégio com seu Fusca "gasolinex" (o interior do carro só cheirava à gasolina), Iuri passou a pegar carona conosco. O mesmo acontecia quando o pai dele ou o irmão iam nos buscar. A partir daí, foi se formando uma grande amizade não só entre nós, mas com todas as pessoas mais próximas: irmãos, pais, outros amigos etc. Passávamos horas jogando videogame, futebol ou vôlei com os amigos na praia. Foi aí que conheci o surfe, coisa que nunca imaginaria fazer. Na realidade, o surfe sempre despertou certa magia em muita gente. Alguns nunca surfaram na vida, mas sempre viam o esporte de forma radical e descolada, que impressionava as garotas. Aproveitando esse fato, várias marcas de *surfwear* (roupas inspiradas no surfe) surgiram nos anos 1970, despertando a admiração do público mais jovem e desenvolvendo produtos com a temática do surfe. Hoje existe uma indústria de bilhões de dólares, composta por grifes de vestuário, fabricantes de prancha, revistas especializadas, cinema etc. O curioso são as pessoas que não surfam, mas "caem" no mar com uma prancha, boiam o dia todo e voltam no fim de semana para casa dizendo aos amigos que estavam pegando onda. Quem surfa sabe do que estou falando. Faz parte. Inclusive esses "surfistas" ocasionais, quando chegava o domingão, invadiam a praia e deixavam o surfe impraticável. Era o chamado *crowd*[3], no linguajar dos surfistas, ou farofeiros[4], e por aí vai. Cada um com sua denominação para apelidar essas pessoas que vinham de fora tomar "nosso" espaço, apesar de não sermos donos de nada e de termos direitos iguais para usufruir do local. Todos aqueles que não pertenciam à nossa área eram considerados intrusos. Isso não é uma atitude particular de nossa praia. Essa é uma atitude no mundo inteiro. Surfar no local dos outros significa menos ondas a serem surfadas, o que é, em certos locais, inaceitável. Essa postura de defesa do local se iniciou no Havaí nos anos 1970, quando os locais começaram a se defender da "invasão" australiana e dos Estados Unidos continentais. Todo mundo que quer começar a surfar deve iniciar do zero. Em resumo, todo campeão de surfe já boiou muito na água algum dia. Iuri surfava em "prancha regular", daquelas

---

3 Significa "multidão" em inglês.
4 Apelido dado às pessoas que passam o dia na praia e levam lanches de casa, geralmente vindas em excursão.

em que você fica em pé para descer a onda. Do surfe mais tradicional. Eu comecei com um *bodyboard*[5] velho que o Iuri tinha em casa. Foi daí que peguei gosto pelo surfe. Basta você deslizar na primeira onda e aí não tem volta. Quando você menos espera, já está viciado no esporte. Passávamos um tempão assistindo a filmes de surfe em VHS, como a

Prancha de *bodyboard*. Foto cedida por Gregg Taylor, da Turbo Surf Australia Pty Ltd.

final da Tríplice Coroa Havaiana, ao som de *Man in The Box*, da banda americana Alice in Chains, e tendo na final, como campeão, nada mais nada menos do que o australiano Tom Carroll, uma referência para qualquer surfista que se preze até os dias atuais.
Mesmo sem fazer manobras em um primeiro momento, descer as ondas dava uma sensação de liberdade, de fluidez,

---

5 O *bodyboard* é uma prancha para um surfe deitado. Provavelmente surgiu a partir do surfe original.

algo realmente inexplicável e difícil de descrever em palavras. Só estando lá para saber como é. Talvez essa fissura, essa sensação tão boa que é surfar, explicasse por que tantos praticantes de surfe, que posteriormente se tornariam vítimas de ataque de tubarão, insistiam em se arriscar nas águas da Praia de Boa Viagem. Óbvio que a falta de um engajamento maior do poder público também amplificou a situação, porém, a partir de um determinado momento, era total irresponsabilidade das próprias vítimas.

Assim que comecei a aprimorar a minha técnica com o *bodyboard*, comprei um equipamento melhor. Meu BZ, de segunda mão, foi comprado na Bob Nick, loja que fornecia equipamento de surfe e ficava nas proximidades de onde eu morava. A partir daí, comecei a evoluir bem mais tecnicamente. O desempenho de um equipamento melhor fez com que as manobras saíssem com muito mais facilidade e tornou a experiência com o surfe mais divertida e fascinante. Para se ter uma ideia, era fácil passar cinco horas no mar surfando sem parar, mas, geralmente, a média era de três horas por dia. E só saía do mar porque o nível da água baixava demais e não dava condições de continuar, pois a ondulação já não era tão intensa e os arrecifes ficavam à mostra. Sem contar que isso era de segunda a sábado, só dispensando o domingão por conta do *crowd*. Estudar de manhã e surfar à tarde era uma maravilha. A intensidade era tanta que os fios dos meus cabelos ficavam dourados por conta do sol nos cabelos molhados pela água salgada do mar. Hummm...! Parece que estou lá neste momento, atravessando a arrebentação para esperar as ondas. É uma pena que isso não exista mais. Não só para mim, mas também para outras gerações que poderiam estar hoje se divertindo nesse mesmo lugar.

Mais tarde fui me tornando figura conhecida da turma local e já não era mais considerado um invasor do pico, o que

Encontro do Rio Jaboatão (à direita) com o Oceano Atlântico (à esquerda). Ao fundo, do outro lado do rio, está a Praia do Paiva. Foto do autor.

Praia do Paiva. Foto do autor.

era extremamente importante, já que eu frequentava a praia diariamente. Agora eu fazia parte da "comunidade", embora não tivesse desenvolvido uma amizade de fato com aqueles que ali estavam. Nós tínhamos em comum a paixão pelo surfe, mas nossas vidas fora da água eram bem diferentes. Alguns não estudavam nem trabalhavam. Passavam o dia na praia vagando. Outros surfavam de vez em quando, pois tinham responsabilidades. Poucos se destacaram, como foi o caso de Paulo Moura, que depois participou do circuito profissional internacional de surfe. Ele foi capa da *Fluir*, a revista mais popular sobre surfe no Brasil. A partir daí, outras possibilidades bem legais apareceram. Uma delas era surfar em outros locais. Alguns próximos e outros mais distantes. O primeiro deles que tive a oportunidade de frequentar foi a Praia do Paiva, não tão longe de Recife. A praia fica num local considerado Região Metropolitana de Recife. Se você que lê este relato é conhecedor dos ataques de tubarão em Recife, provavelmente deve saber que praia é essa de que estou falando. Em suas redondezas existia um matadouro[6] que despejava sangue e vísceras de animais abatidos no Rio Jaboatão, que desemboca no Oceano Atlântico mais um pouco à frente, justamente próximo à Praia do Paiva. Esse matadouro ilegal foi descoberto depois de um tempo e logo desativado. Não foi considerado o causador dos ataques de tubarão, mas era um potencial colaborador com o movimento deles por causa do sangue jogado na água, estimulando seu instinto agressivo.

Para chegarmos ao Pico do Paiva era necessário fazer a travessia do Rio Jaboatão, algo realmente alucinante. Pura natureza. Ao entrar no mar, já um alerta dos colegas: "Cuidado, que aqui é mar aberto. A qualquer sinal de algo estranho, saia", alertando para um possível ataque de tubarão, porém nunca registrado anteriormente. Na época em que frequentávamos essa praia, não havia começado ainda a sequência de ataques de tubarão. Posteriormente esse local virou cenário da primeira morte de um praticante de surfe.

---

6 Lugar onde se abatem animais para serem cortados para consumo.

A vítima levou uma mordida que fez uma meia-lua em sua coxa e na prancha, como uma mordida que damos em um sanduíche. A vítima morreu de hemorragia logo depois, no hospital, causada pelo rompimento da artéria femoral. Esse ataque aconteceu logo após o meu, também em 1994, o ano de maior incidência de ataques de tubarão.

Outro pico em que tive a oportunidade de surfar foi na Praia de Maracaípe, próxima à famosa e badalada Praia de Porto de Galinhas. Maracaípe era um lugar com clima *zen* na época, tranquilo, ideal para as pessoas que procuravam a paz que a agitada Porto de Galinhas já não oferecia mais. Surfei em Maracaípe algumas vezes, antes e após o ataque. O que eu mais curtia era pegar onda de manhã logo cedo, com o mar terral[7]. O mar fica um verdadeiro espelho d'água. Quando a ondulação está boa, forma uns tubinhos perfeitos. Eram momentos de se deliciar com um presente que a natureza estava dando a você naquele instante, por alguns minutos, antes de o vento mudar de direção. Que saudade dos terrais de Maracaípe. O mais estranho é que, apesar de ser tudo oceano, tanto Maracaípe quanto Paiva e as praias de Recife, todas têm sua particularidade. Para quem está de fora, parece ser a mesma coisa. Mas quem surfa sabe que em determinado ponto da praia há pedras, ou um redemoinho que atrapalha a remada, ou que a onda se forma melhor para a esquerda e por aí vai. No primeiro momento, surfar fora de seu pico original dá a sensação de quando se visita a casa de pessoas desconhecidas: você não sabe onde estão nem como funcionam as coisas ali e, por isso, a gente observa muito antes de entrar para saber como se comportar.

Com o passar do tempo fui almejando uma mudança, uma evolução. E essa evolução acabou por me fazer trocar o *bodyboard* pela prancha regular. A troca, na realidade, acontece com vários praticantes desse esporte. Muitas vezes

---

7 Mar terral é quando o vento "sopra" da terra para o mar.

você pede emprestada a prancha do colega para brincar um pouco e acaba achando mais desafiador em comparação com o surfe deitado. Afinal, descer a onda de pé é bem mais difícil do que descer a onda deitado, como acontece no *bodyboard*. O equilíbrio é o primeiro passo para começar a surfar de prancha regular, o que não é fácil, pois o agito da onda e da espuma o chacoalham e você tem que compensar constantemente o seu peso, encontrar o ponto de equilíbrio para continuar de pé. A partir daí, tendo dominado o equilíbrio, você já passa a direcionar a prancha mais precisamente para onde você deseja ir. Depois de muita prática, o ponto de equilíbrio é achado rapidamente e as

Confecção de uma prancha.
Foto cedida pelo Laboratório do Rato – Ilhabela – SP.

manobras começam a sair à medida que arriscamos mais. Quanto às manobras, elas são um caso à parte. São elas que fazem a diversão de qualquer praticante de surfe. O grau de dificuldade é o que dá emoção, que eleva o nível de cada praticante e o que diz se ele tem afinidade ou não com o esporte. Alguns têm uma versatilidade incrível, desenvolvendo sua técnica de forma muito rápida. Outros levam tempo ou até mesmo desistem, pois enxergam que não têm vocação para o esporte. Aqueles que conseguem diferenciar o seu surfe muitas vezes acabam virando surfistas profissionais e recebem salário, equipamentos e suporte financeiro para participar dos campeonatos.

Em relação a mim, particularmente, posso dizer que eu tinha muita afinidade com o esporte. De fato, eu amava aquilo. Era a minha paixão. Não que eu não goste mais do esporte ou que tenha ficado com alguma mágoa daquilo que o destino me pregou. Apenas não estou envolvido como era antes. Naquela época eu conhecia tudo sobre o esporte, pois fazia parte do meu universo, do meu dia a dia. Hoje sou um admirador, mas me dá uma sensação de perda quando vejo na TV a rapaziada arrebentando nas ondas. Eu poderia estar me divertindo da mesma forma, caso nada disso tivesse acontecido. Tecnicamente falando, eu não era nenhum *expert* como praticante de surfe. Estava lá mais pela diversão e pelos amigos, mas, claro, sempre busquei melhorar aquilo que eu fazia, mas aí veio o episódio inesperado e nada bem-vindo. É interessante ver na TV hoje que os surfistas que eram meus ídolos, minhas referências, estão aposentados das competições e são tratados como lendas do surfe. Vale observar também que a nova geração, com manobras inovadoras, está levando o surfe a outro patamar, especialmente a nova geração de surfistas brasileiros, que está arrebentando no circuito mundial.

Pois é. Pouco deu para curtir aquilo que seria o início de uma série de momentos inesquecíveis que esse esporte poderia ter me proporcionado. Mas outras surpresas me aguardavam. Se elas seriam agradáveis ou não, isso é uma outra história.

Links para visitação:

Laboratório do Rato
http://laboratoriodorato.blogspot.com/

Bob Nick
www.bobnick.com.br/

Turbo Surf Design
www.turbosurfdesigns.com.au/

Revista de Surf Fluir
www.fluir.com.br

O CONTEXTO

Do surto de ataques de tubarão em Recife acredito que haja duas importantes lições a serem tiradas. A primeira delas é a imprevisibilidade de resposta dos ecossistemas marinhos a uma intervenção humana. Mesmo que centenas ou mesmo milhares de Estudos de Impactos Ambientais prévios à construção do Terminal Portuário de Suape tivessem sido realizados, nenhum deles certamente apontaria como uma das possíveis consequências o aumento na incidência de ataques de tubarão em Recife. A segunda é que, certamente, o surto de ataques é a ponta visível de um iceberg de desequilíbrios ecológicos muito mais complexos, que passarão despercebidos em razão de ocorrerem abaixo da superfície.

Professor Doutor Fábio Hazin – Pesquisador da Universidade Federal Rural de Pernambuco e integrante do Comitê Estadual de Monitoramento de Incidentes com Tubarões – Pernambuco.

O clima era de tranquilidade até 1992. As praias da Região Metropolitana de Recife nunca foram notícia de jornal por conta de ataques de tubarão. Na realidade, o litoral da cidade sempre foi motivo de orgulho, o seu cartão-postal. Notícias ruins sempre existiram, como afogamentos, assaltos, ou de como os usuários da praia jogavam lixo na área depois do domingão de sol. Nunca se imaginou que um dia a praia, em que nos divertíamos e era o espaço de lazer de famílias inteiras durante a semana, se tornaria palco de uma série de

Praia de Boa Viagem.
Foto do autor.

episódios terríveis que viriam a marcar para sempre a vida de muita gente.

Creio que a maioria da população mundial tem uma paixão especial por litoral. As simbologias do coqueiro, do sol e da rede pendurada embaixo da sombra das árvores sempre transmitiram uma imagem de tranquilidade. O guarda-sol, a garota com o coquetel na mão e óculos lembram férias, descanso, nada de estresse. Sem falar da água do oceano, sempre lembrada nas poesias pelas suas cores diversas, dos peixes que de lá vêm e do som relaxante. A Praia de Boa Viagem, especificamente, já foi considerada uma das mais belas praias urbanas do Brasil, com seus arrecifes, seu calçadão, água de coco e seus altos edifícios.

A relação dos moradores com a Praia de Boa Viagem sempre foi intensa. Além do tradicional banho de sol, banho de mar e cerveja na praia, grupos de amigos sempre jogaram futebol, vôlei de praia, futebol de areia, frescobol, futebol americano e outros esportes. Também sempre foi o lugar dos namorados, dos passeios diurnos e noturnos, palco das festas de fim de ano e carnaval. Na realidade, essa praia é um território democrático: não se paga para desfrutar de seus benefícios. Gerações e mais gerações tiveram em Boa Viagem momentos de lazer, entretanto a onda de ataques mudou completamente a rotina de seus usuários. O mesmo aconteceu com o surfe. Ali era o nosso quintal, a nossa área, local em que muitos jovens iniciaram os primeiros passos no esporte.

Então, o que mudou? Essa é uma pergunta para a qual, por falta de pesquisas mais precisas, não se pode ter uma conclusão certeira. Até 1992 não existia nenhum registro oficial de ataques. Ouve-se que, na década de 1940 ou 1950, um banhista foi atacado por um tubarão, mas não existe comprovação desse fato, apenas rumores. Porém, só a partir de 1992, com os sucessivos ataques, iniciaram-se os registros pelo Comitê Estadual de Monitoramento de Incidentes com Tubarões – CEMIT, criado após se perceber que os ataques de tubarão não eram uma fatalidade, mas sim ocorrências que tinham alta probabilidade de acontecer. Para se ter uma ideia, em 33,5 km de praia foi proibida a prática do surfe e cuidados foram redobrados para o banho de mar, incluindo instalação de placas de advertência e preparo dos guarda-vidas.

Entre 14 e 18 de novembro de 1995, aconteceu em Recife o *Shark Attack Workshop*, evento que reuniu especialistas nacionais e internacionais da área para debater o tema, que levantou algumas hipóteses para os ataques de tubarão no litoral pernambucano, publicadas pelo Professor Dr. Fábio Hazin, da Universidade Federal Rural de Pernambuco, em um artigo eletrônico[8]. Veja a seguir:

- Elevação do número de surfistas e banhistas na região.
- A presença de pesca de arrasto de camarão, com rejeito, próximo às praias da área afetada.

---

8 Fonte: http://www.comciencia.br/reportagens/litoral/lit19.shtml

- A topografia submarina da região, caracterizada por um canal adjacente à praia.
- Mudanças climáticas que têm influenciado os regimes de vento e precipitação nos anos recentes (ventos do sul mais fortes e muito menos chuva durante o período dos ataques, particularmente em 1994).
- A construção do Porto de Suape ao sul de Recife, resultando em um grave impacto ambiental e um acentuado aumento no tráfego marítimo.
- O Porto de Suape é apontado como a principal hipótese dos ataques nas praias urbanas da Região Metropolitana de Recife. Ele começou a ser construído nos anos 1980, na Praia de Suape, localizada no município de Ipojuca,

Placa instalada em um dos pontos da orla da Praia de Boa Viagem – Recife – Pernambuco. Foto cedida pela revista *Trip* e registrada por Fernando Netto.

a 40 km de Recife, mas só a partir de 1991 é que entrou em operação o Cais de Múltiplos Usos, com o transporte de contêineres. De lá para cá, o Complexo Industrial Portuário de Suape recebeu grandes investimentos e prioridade do governo federal, atraindo indústrias de grande porte para a região.

Entre as razões pelas quais o Porto de Suape é tido como um dos principais causadores de ataques de tubarão em Recife destacam-se as grandes modificações ambientais que ali ocorreram para a instalação do porto. Houve alterações radicais na região, modificando o equilíbrio natural do local, que posteriormente traria mudanças nos hábitos dos tubarões. Grandes áreas de mangue foram aterradas, rios tiveram seus cursos desviados e deixaram de desembocar na Baía de Suape, arrecifes foram implodidos, entre outras ações. Além disso, o movimento dos navios na área parece atrair os tubarões, que seguem suas rotas para a entrada na região. Para melhor explicar essas questões, recorro a alguns trechos do artigo do professor Fábio Hazin:

> *Todos os ataques ocorreram durante dias de ventos sul e sudeste fortes, quando as correntes oceânicas do sul para o norte (Porto de Suape em direção a Recife) também se intensificam. Ao que tudo indica, os navios parecem exercer uma ação atrativa para os tubarões, aumentando a probabilidade de os animais se aproximarem da praia.*

> *Outro fator de grande importância foi o impacto ecológico causado pela construção do Porto de Suape, incluindo a destruição de vastas áreas de manguezal, aterros e até mesmo o desvio do curso de dois rios, o Ipojuca e o Merepe. Como essa área era relativamente virgem, provavelmente*

era frequentada por fêmeas do tubarão cabeça-chata como área de parto, já que é comum nessa espécie o hábito de parir seus filhotes em regiões estuarinas. A partir da degradação ambiental verificada, é provável que um número maior de fêmeas dessa espécie tenha passado a se deslocar para o estuário mais próximo, o do Rio Jaboatão, localizado ao norte, o qual desemboca exatamente nas praias da Região Metropolitana de Recife, onde ocorreram todos os ataques, ou seja, Paiva, Candeias, Piedade, Boa Viagem e Pina. A captura de fêmeas prenhes de cabeça-chata, com seus filhotes a termo, no estuário do Jaboatão, parece confirmar essa hipótese.

Ele ainda comenta sobre o hábito alimentar dos tubarões:

Na maioria dos casos os tubarões soltam suas vítimas após o ataque, afastando-se da área. Tanto assim que as mortes ocorrem quase sempre por hemorragia e não por serem as vítimas devoradas (Chovan e Crump, 1990). Não é incomum, inclusive, o tubarão decepar um membro para regurgitá-lo em seguida. Ataques podem ainda acontecer pelo fato de os tubarões sentirem-se ameaçados pela presença humana ou ainda em defesa de seus territórios (Springer e Gold, 1989).

E, para finalizar, uma afirmação interessante:

Definitivamente, portanto, a costa do estado de Pernambuco não se encontra infestada por tubarões, não se podendo, consequentemente, atribuir a elevação dramática do número de ataques a uma superabundância de tubarões.

Isso significa que as praias da Região Metropolitana de Recife receberam a migração dos tubarões de uma determinada área do litoral pernambucano, área que foi afetada pelo desequilíbrio ambiental causado pela instalação e movimento de navios do Porto de Suape. Em resumo, os tubarões não estão brotando do nada nas praias de Recife. Além do mais, como foi afirmado em relação à dieta dos tubarões, as pessoas não são devoradas por eles, mas morrem por conta da gravidade das lesões causadas pelos violentos ataques. Ou seja, as mordidas desses animais nada têm a ver com a dieta deles e sim com um engano. Engano de um animal que está em busca de sua sobrevivência e, infelizmente, acaba trazendo uma situação de risco para as praias da Região Metropolitana de Recife.

Para melhor situar geograficamente as regiões mencionadas, adaptei o mapa de Pernambuco, identificando onde se localizam Recife e o Porto de Suape. Os tubarões estariam seguindo, segundo as pesquisas indicam, o sentido sul–norte, ou seja, Porto de Suape–Recife, e, por isso, uma das hipóteses sugeridas seria a de migração, já que os ataques, como já mencionado, ocorreram em dias de corrente sul em direção ao norte, proporcionando o direcionamento dos tubarões para as praias urbanas da Região Metropolitana de Recife.

Porém, essa hipótese não é totalmente segura, apesar de que, informalmente, os pesquisadores a dão como certa. Conversando com especialistas do Departamento de Oceanografia da Universidade Federal de Pernambuco, soube que não existia um estudo específico de catalogação e detalhamento da região antes da implementação do porto, o que inviabilizaria uma análise comparativa entre o antes e o depois da sua construção. Soma-se a isso o que uma pesquisadora do mesmo departamento me disse: "Os aterros de áreas de mangue ao longo da costa (e não apenas o de Suape) podem ser a causa dessa migração". E, para finalizar, todas as hipóteses juntas também podem ser a causa da migração dos tubarões para as praias urbanas de Recife, afirmação dos próprios pesquisadores. É por isso que, quando me refiro às pessoas que foram atacadas, eu as chamo de vítimas, pois todas as alterações sofridas pelo meio ambiente e que causaram uma série de desequilíbrios no litoral pernambucano foram autorizadas por alguém ou por algum órgão público. Não se trata de um acontecimento natural ou do acaso.

De 1992 a 2013, as estatísticas oficiais apontam mais de 50 ataques a praticantes de surfe e banhistas no trecho considerado de risco do litoral pernambucano, como mostrado na tabela a seguir:

Ano	Total de Ataques	Fatais	Não Fatais
1992	3	2	1
1993	3	1	2
1994	10	2	8
1995	3	1	2
1996	3	1	2
1997	3	1	2
1998	4	2	2
1999	2	0	2
2000	0	0	0
2001	1	1	0
2002	6	3	3

2003	1	0	1
2004	7	3	4
2005	0	0	0
2006	4	2	2
2007	0	0	0
2008	2	0	2
2009	1	1	0
2010	0	0	0
2011	2	0	2
2012	2	2	0
2013	2	2	0
TOTAL	59	24	35

Os fatos trouxeram consequências para o estado de Pernambuco e preocupação para os políticos da época com a imagem de insegurança nas praias. Ora, em se tratando de uma das cidades mais violentas do Brasil, com índices escandalosos e crescentes a cada ano que passa, colocar a repercussão negativa dos ataques de tubarão em evidência, na percepção dos políticos, pioraria ainda mais a imagem do estado. Para não atrair as câmeras jornalísticas do Brasil e do mundo para Pernambuco em busca de mais sangue, chegou-se até a jogar a culpa nos próprios praticantes de surfe pelos ataques, pois eles estariam invadindo o hábitat do animal indo além dos arrecifes.

Bem, até certo ponto não deixa de ser verdade, pois, para pegar onda, primeiramente teremos que estar na água. Além do mais, em qualquer praia do mundo você pode, por um azar muito grande, ser atacado por um tubarão. Nas praias consideradas de risco os ataques têm grande possibilidade de acontecer, e é por isso que elas são muito bem sinalizadas. Por falar em sinalização, você vai encontrar placas alertando sobre a possibilidade de ataque de tubarão, crocodilo e até de cobra em certos locais do mundo, quando o risco é

Placa alertando sobre o perigo de frequentar áreas com animais.
Foto cedida por Wildflorida.com

iminente. A partir do momento que se informa ao banhista ou ao praticante de surfe sobre o perigo que ele corre e os cuidados que deve tomar em áreas de risco, a decisão de descumprir o alerta fica por conta dele, porém demonstra que o poder público assumiu a responsabilidade de cuidar de seus cidadãos e turistas.

Depois de muito se esquivar de uma postura mais proativa, na época o governo de Pernambuco decidiu colocar placas ao longo da orla da Praia de Boa Viagem. Porém, as primeiras placas instaladas não se referiam diretamente ao perigo de ataques ou à presença de tubarões na área. A placa que ficava no ponto em que ocorreu meu ataque, por exemplo, tinha o seguinte texto: "Desfrute das piscinas naturais. Não vá além dos arrecifes". Bom, isso pode até comunicar algo, mas soa como um alerta ou uma sugestão? Se alguém for mais atento e conhecedor de instrumentos de análise semiótica, poderia pensar que, apesar de a frase soar poética, ela está estampada em um fundo vermelho com letras grandes e, provavelmente, dependendo da interpretação, soa como um alerta de fato nas entrelinhas. Mas que alerta você poderia tirar de uma placa como essa, sendo uma pessoa que não sabe que ali é uma região em que se deve tomar precauções? Que alerta um turista estrangeiro, por exemplo, poderia tirar, já que não lê os noticiários locais? No máximo o perigo de se afogar. As primeiras placas, se não me engano, foram instaladas em 1994, ano de maior índice de ataques e que custou muitas

Primeiras placas colocadas na orla de Boa Viagem: os ataques e o perigo não são mencionados. Foto cedida pela revista *Trip* e registrada por Fernando Netto.

vidas e pernas, incluindo a minha, até que essa ação se tornasse realidade. Acho que o governo pensou: "Vocês querem placas? Então aí estão as placas". Creio que foi isso. Uma resposta rápida, porém não esclarecedora. As placas que de fato informavam de forma explícita sobre a possibilidade de ataque de tubarão só foram instaladas em 2005, juntamente com a proibição da prática de surfe e atividades aquáticas que poderiam colocar o praticante em risco. O primeiro ataque noticiado nos jornais locais de que fiquei sabendo foi o do praticante de *bodyboarding* E. C.[9], em 18 de setembro de 1992, durante um campeonato local de *bodyboard* na Praia de Boa Viagem. Lembro que, mesmo com o ataque, o campeonato seguiu em frente e nada aconteceu nos meses seguintes. Porém, uma informação de que só tomei conhecimento em minhas pesquisas para este livro é que outros dois ataques a banhistas haviam ocorrido nesse mesmo ano, em 28 de julho e em 10 de setembro. O ataque de setembro aconteceu sete dias antes do ataque a E. C. e na mesma região. Os dois banhistas atacados faleceram devido aos ferimentos.

A pergunta é: quantos ataques são necessários para que haja uma intervenção e averiguação dos incidentes causados por ataques de tubarão em uma praia? Certamente as providências tomadas em Pernambuco não são uma boa referência, isso eu garanto. Tenho certeza de que, se até antes do meu ataque alguma medida fosse tomada e orientasse as pessoas sobre a gravidade da situação na praia, a minha situação hoje e de muitos outros seria diferente. Porém, apesar da frase "antes tarde do que nunca", mesmo com a proibição do surfe por conta dos ataques, alguns rebeldes ainda insistiram em praticar o esporte na área e se deram muito mal. Uma situação curiosa aconteceu após meu ataque, enquanto eu tomava uma cerveja na praia com Iuri, aquele amigo que me apresentou ao surfe. Sem ninguém surfando no mar, chegaram dois candidatos a isca de tubarão com pranchas debaixo do

---

9 Achei apropriado não citar os nomes das vítimas às quais não pedi permissão para tal e, por isso, coloco apenas as iniciais de seus nomes e sobrenomes.

braço. Eles sentaram na areia, separaram o equipamento e começaram a se preparar para entrar na água. Vendo aquilo, eu não me contive e disse: "Iuri, eu vou lá falar com esses dois aí para eles repensarem no que estão fazendo". Aí ele retrucou: "Vai não, cara, esses merdas sabem da situação e não estão nem aí". Mesmo assim eu fui e falei com eles: "Pessoal, eu não aconselharia vocês a entrarem nessas águas. Olha o que aconteceu comigo. Perdi meu pé esquerdo e uso uma prótese. A coisa é séria". Então um deles disse: "Que nada. Se for para acontecer, aconteceu". Voltei para a minha cadeira na beira da praia, continuei tomando minha cerveja e, depois de uns 30 minutos, eles decidiram sair. Não sei a razão, mas me arrisco a dizer que a consciência pesou e, se qualquer coisa ruim acontecesse a eles, não seria por falta de aviso.

Retornando ao início dos anos 1990, ainda antes de qualquer proibição em relação ao surfe na Praia de Boa Viagem, nós continuamos mantendo a nossa diversão do dia a dia: o surfe. Porém, agora com uma mudança de rotina por conta dos ataques. Até então eles eram encarados como coincidência, fatalidade, e que não existia perigo. Assim, criamos um procedimento para todas as vezes em que eles aconteciam. Geralmente, quando se tinha notícia de ataque, o pessoal não surfava por uns 15 dias, até algum corajoso (ou mal-informado) se arriscar. Tendo o primeiro arriscado e não acontecido nada, no outro dia mais uns quatro entravam para surfar. Nada acontecia e, no outro dia, quinze já estavam na água com o pensamento de que eles estariam aproveitando a praia sem aquele monte de gente na água. Até que chegava um momento em que tudo voltava ao normal. Era engraçado, porque, apesar dos acontecimentos, a galera local ainda brincava com o perigo do tubarão. Alguns vinham com um pé de pato nadando, imitando uma barbatana para dar susto, ou colocavam o pé de pato em um pedaço de isopor para flutuar, outros vinham nadando por baixo e puxavam a perna daqueles que estavam sentados nas pranchas.

Esse clima descontraído e de despreocupação eu atribuo a alguns fatores. Os primeiros casos que envolveram surfistas tiveram consequências que, se comparadas com outras situações que aconteceram mais à frente, de morte e perda de membros, foram consideradas leves. Algumas cicatrizes, perda de massa muscular, alguns tiveram limitados os movimentos das mãos ou dos pés, consequências que não eram vistas com tanto temor. Por isso, acreditava-se que era apenas um tubarão de pequeno porte e que a qualquer hora iria pegar seu rumo oceano adentro. Outra questão importante também é que ninguém acreditava que um tubarão estivesse atacando banhistas com a água na altura do peito. Então, não se dava crédito aos ataques a banhistas até o ano de 1994. Eu mesmo, certa vez, ao ler no jornal sobre um possível ataque de tubarão em um ponto da Praia de Boa Viagem a um banhista, não acreditei, pois o jornal afirmava que ele estava com água pela cintura. Aí pensei: "Impossível!". Engano meu.

Os ataques continuaram, aumentando as estatísticas de forma alarmante, e só a partir de 1994 a população em geral, incluindo os surfistas, começou a ficar temerosa. A razão? O espaço de tempo entre os ataques caiu de meses para dias, resultando em pessoas com sequelas mais graves e mortes. A primeira morte de um praticante de surfe foi registrada nesse ano, em 1º de dezembro.

Já não dava mais para esconder os fatos, pelo menos não como antes. Pensando no "bem da população" e para dar uma resposta à mídia, o governo criou um decreto[10] em 1999 proibindo a prática do surfe. O decreto foi aprimorado em 2006, dando autorização para os bombeiros apreenderem e incinerarem as pranchas daqueles que insistissem em violar a proibição, o que resultou na queima de mais de 100 pranchas. Atualmente (2013), 33,5 km do litoral pernambucano estão

---

10 Leia no fim do livro o decreto proibindo a prática do surfe.

interditados para a prática do surfe. O litoral pernambucano possui 187 km.

Em todos esses anos de ataques, principalmente até o ano de 1999, o bode expiatório do governo sempre foi a figura do surfista. Eles eram os grandes culpados. Desprotegidos, com o estereótipo de drogados e vagabundos, ficaria muito fácil culpar um grupo cuja imagem não é encarada de forma positiva e séria. Pois bem, o fato é que, de 1999 a 2013, dos 31 ataques registrados pelo CEMIT, 21 foram a banhistas, tendo apenas 8 dessas vítimas escapado com vida. No total de 59 ataques entre 1992 e 2013, 24 foram fatais, dando a Pernambuco uma média altíssima de 40,68% de ataques que tiveram como consequência a morte da vítima. Na Flórida, segundo o site do Museu de História Natural da Flórida[11], foram registrados 623 ataques de tubarão naquela costa desde 1882, sendo 11 fatais, até o fechamento deste livro, e 20% dos ataques tiveram o tubarão cabeça-chata como responsável. O número reduzido de vítimas pode ser atribuído a uma praia mais bem monitorada e preparada para o resgate das vítimas, ou porque os tubarões eram de porte menor e não tiveram força suficiente para fazer um estrago maior. É uma possibilidade, mas não sou nenhum especialista em prevenção de ataques de tubarão, só acho muito estranhas tais estatísticas quando comparadas às de Pernambuco.

Como comentei anteriormente, as vítimas que sobreviveram aos ataques na costa pernambucana tiveram diferentes graus de lesão, desde alguma mutilação de baixo impacto até parte do membro decepada. Dois casos em particular me chocaram bastante. Um deles foi o de C. B., que perdeu as duas mãos tentando se defender do tubarão. Tive a oportunidade de conversar com ele por alguns minutos no calçadão de Boa Viagem. Ele me relatou que, depois de cair de sua prancha, tentou dar socos no tubarão na tentativa de afugentá-lo, mas

---

11 Museu de História Natural da Flórida <http://www.flmnh.ufl.edu/fish/sharks/statistics/GAttack/mapFL.htm>

as tentativas fracassaram, tendo ele perdido as duas mãos, que foram arrancadas pelo animal. Depois, C. B., em um momento de fraqueza, decidiu não continuar sua batalha pela vida, e optou por parar de lutar e morrer, rejeitando o resgate do bravo salva-vidas, que, claro, não deu ouvidos às negativas do surfista e entrou na água para salvá-lo. Imagine, leitor, como seria seu dia a dia para fazer as coisas mais simples sem as duas mãos. Não é fácil mesmo.

Outro ataque aconteceu com o banhista W. da Silva, ocorrido no trecho da Praia de Piedade (nome não apropriado para tal situação), que perdeu boa parte do braço e da perna. Esse ataque em específico me deixou chocado e muito triste por se tratar de uma pessoa humilde, e, na época, segundo o jornal, com 18 anos, teria de arcar com os custos futuros de duas próteses para o resto da vida. Sem falar, obviamente, da limitação para o trabalho manual e do desgosto de se ver mutilado diante do espelho.

O que se conclui é que o governo, por ser omisso, ao demorar demais para implantar uma ação mais efetiva, imediata e direcionada para toda a população, foi o grande culpado por essa quantidade assustadora de vítimas. Pensemos da seguinte forma: uma população inteira, gerações e gerações estão acostumadas a ter uma praia "segura" em seus momentos de lazer, sem nenhuma notícia de ataques de tubarão por anos e, de repente, uma sucessão de ataques acontecem para, só depois (sete anos para o primeiro decreto que apenas punia os praticantes de surfe), mudar sua rotina? Diversas vítimas sofreram mutilações, perderam membros e até morreram antes que o governo tomasse alguma providência, que, como se viu, foram ações tímidas, discretas e sem efetividade.

Contrariando a opinião de muitos, inclusive a das próprias vítimas, não vejo os tubarões como os grandes vilões dessa situação em Recife. Na realidade, como os próprios pesquisadores gostam de se referir à situação, os tubarões também são vítimas de tudo isso. Para fazer um paralelo, imagine que você mora em uma cidade relativamente próxima a uma floresta e, de repente, uma grande área é devastada para a instalação de uma indústria. Repentinamente, começam a ser relatados casos de ataques de onça na cidade, ocasionando mutilações e mortes de moradores. Isso porque as onças não conseguem mais encontrar alimento na região que habitam e começam a migrar para a cidade em busca de comida. De quem seria a culpa? Você passaria a ter ódio das onças? A situação é semelhante com os tubarões. Diria até que ter raiva dos animais chega a ser irracional, um pensamento muito simplista. Uma ação que vai contra os animais seria ainda pior, principalmente campanhas de ódio, como algumas que cheguei a ver pela internet.

Mas nem todos os tubarões atacam seres humanos, até porque, para ser atacado, primeiramente você deverá estar no hábitat deles: a água. Das mais ou menos 480 espécies, apenas 30 estão relacionadas a ataques a humanos. Algumas curiosidades[12] sobre os tubarões:

- O maior dos tubarões, e também o maior de todos os peixes, é o tubarão-baleia, com 18 metros em média, e só se alimenta de plânctons.
- A menor espécie de tubarão é o tubarão-pigmeu, com cerca de 20 centímetros e 500 gramas, encontrado apenas em águas profundas.
- O tubarão-branco, a mais famosa espécie por conta do filme *Tubarão*, apesar de ser considerado o maior caçador dos oceanos, é uma espécie ameaçada de extinção, por causa de sua baixa taxa de natalidade (apenas 1 ou 2 filhotes por vez e, ainda assim, com baixa incidência de procriação), além da caça ao animal.
- Os tubarões habitam a Terra há mais de 200 milhões de anos, segundo os cientistas.

---

12 http://mundoestranho.abril.com.br/mundoanimal/pergunta_287331.shtml

- Seu olfato é muito aguçado, podendo detectar a presença de sangue a centenas de metros.
- A maioria das espécies de tubarão não tem a bexiga natatória, órgão que possibilita que o peixe flutue sem precisar nadar. Sem esse órgão, os tubarões são obrigados a nadar 24 horas e, por isso, necessitam de mais energia, comendo quase tudo que veem pela frente.

Não sei a razão, mas os tubarões, apesar de assustadores, parecem fascinar as pessoas. A quantidade de documentários produzidos pelas emissoras de TV que envolvem a temática dos tubarões é fantástica. Pessoas com tatuagem de tubarão, filmes, livros, *designs* inspirados nos tubarões, desenhos em aviões com boca de tubarão e cara de mau. Faça um teste e escreva *"Shark Logo"* no Google para você ver a enorme quantidade de empresas que usam o tubarão como parte de suas logomarcas. Essa admiração pode ser explicada talvez pela força que os tubarões têm, pela capacidade de se impor em seu território e assustar as pessoas comuns. Creio que essa condição de poderoso dos oceanos cause a admiração das pessoas. Algum tempo atrás, checando o Twitter[13], verifiquei que a *Semana do Tubarão*, programação do Discovery Channel, quando estava sendo exibida, aparecia entre os assuntos mais comentados pelos usuários da rede social. Alguns nomes de programas exibidos na *Semana do Tubarão*: *Terror em Alto Mar*, *Comido Vivo*, *Hora do Jantar*, *Caçador Supremo*, *Encantadores de Tubarões...* Para ser honesto, soa bem sensacionalista.

Apesar de todo o temor que as pessoas têm do animal, a probabilidade de alguém ser atacado e morto por um tubarão é extremamente menor do que ser atacado e morto por um cachorro. A probabilidade de ser morto por um raio também é muito maior. É mais fácil você ser assassinado por

---

13 Rede social na internet <www.twitter.com>

um ser humano do que por um tubarão. Essa probabilidade, claro, não se aplica às regiões consideradas de alto risco, como é o caso da Praia de Boa Viagem.

Então, por que as pessoas têm tanto medo dos tubarões? Especialistas dizem que esse mito construído na figura de um animal comedor de gente veio a partir do filme *Jaws*, no Brasil intitulado *Tubarão*, de 1975. Com trilha sonora de filme de *serial killer*, um grande tubarão-branco sai à caça fazendo suas vítimas, destruindo embarcações e deixando um rastro de terror e pânico. Não dá para negar: o filme é mesmo aterrorizante e trouxe sérias consequências para a reputação do animal até os dias de hoje.

E quais são as espécies que atacam em Pernambuco? Das três consideradas mais agressivas do mundo (tubarão cabeça-chata, tubarão-branco e tubarão-tigre), duas delas foram confirmadas como sendo responsáveis pelos ataques na costa pernambucana: o tubarão cabeça-chata e o tubarão-tigre. Vale ressaltar que existem outras espécies encontradas na região. Por e-mail, a pesquisadora Ana Paula Leite do Instituto Oceanário[14], me explicou que, "dos 59 ataques, só foi possível identificar as espécies envolvidas em oito casos, sendo um tubarão-tigre (*Galeocerdo cuvier*) e sete da espécie cabeça-chata (*Carcharhinus leucas*). Isso não quer dizer que outras espécies não estejam envolvidas. Por exemplo, o galha-preta (*Carcharhinus limbatus),* que é responsável por grande número de ataques nos Estados Unidos, também já foi visto no Brasil, mas não foi possível comprovar

---

14 Organização civil do terceiro setor, com sede na Ilha de Itamaracá – PE, fundada em 1997, formada por uma equipe multidisciplinar (biólogos, geólogos, engenheiros de pesca, mergulhadores profissionais, professores universitários, entre outras categorias profissionais). Tem por finalidade promover e ministrar atividades de educação, pesquisa, capacitação, consultoria e gerenciamento de assuntos relacionados com os ecossistemas costeiros, o meio ambiente e atividades marítimas, inclusive subaquáticas, compatibilizadas com o desenvolvimento sustentável, bem como para a construção de uma mentalidade marítima em nosso país. Fonte: <http://www.oceanario.org.br>.

o seu envolvimento nos ataques em Pernambuco. Também são encontradas, entre outras, as seguintes espécies: tubarão-lixa (*Ginglymostoma cirratum*), tubarão rabo fino (*Rhizoprionodon porosous*), tubarão-flamengo (*Carcharhinus acronotus*), tubarão rabo seco (*Rhizoprionodon lalandii*), tubarão-martelo (*Sphyrna lewini*), tubarão-sucuri (*Carcharhinus plumbeus*) e tubarão--azeiteiro (*Carcharhinus porosus*)".

Como não tenho competência técnica para falar do assunto, recorri ao site da *National Geographic* para falar das espécies cabeça-chata e tigre:

TUBARÃO-TIGRE[15]/[16]

Esse belo tubarão tem esse nome por causa das manchas verticais que lembram as de um tigre, encontradas princi-

---

15 Foto: cedida por Marie Levine, do Shark Research Institute. Foto tirada por Al Vinjamur.
16 Informações: <http://animals.nationalgeographic.com/animals/fish/tiger-shark/>

palmente nos tubarões mais jovens. Quando essa espécie fica mais velha, as linhas começam a perder a cor e quase desaparecem.
Esses grandes predadores têm a reputação de devoradores de homens. Eles perdem apenas para os grandes tubarões-brancos. São caçadores consumados, com excelente visão e faro, e um menu praticamente ilimitado de itens na dieta. Eles têm dentes afiados, muito serrilhados e mandíbulas poderosas, que lhes permitem quebrar os cascos de tartarugas marinhas e moluscos. Nos estômagos de tubarões-tigre capturados já foram encontrados arraias, serpentes marinhas, focas, pássaros, lulas e até placas de carro e pneus velhos. Os tubarões-tigre são comuns em águas tropicais e subtropicais de todo o mundo. Grandes espécimes podem ter de 6 a 7,5 metros de comprimento e pesar mais de 900 quilos, mas geralmente são encontrados nos tamanhos de 3,25 a 4,25 metros e 630 quilos.
São muito visados por suas barbatanas, pele e carne, e seu fígado, que contém altos níveis de vitamina A, é transformado em óleo.

Mapa ilustrando os locais de ocorrência dos tubarões-tigre no globo.
Fonte: Range of Tiger shark (*Galeocerdo cuvier*). Author: Maplab|Date =2011-11-13 |Permission Creative Commons.

Eles têm taxas de reprodução extremamente baixas e, portanto, podem ser altamente suscetíveis à pressão da pesca. Eles estão listados como uma espécie quase ameaçada de extinção.

TUBARÃO CABEÇA-CHATA[17]/[18]

Os tubarões cabeça-chata são agressivos e, geralmente, moram perto de áreas populosas, como a linha costeira

Tubarão cabeça-chata. Foto cedida por Marie Levine, do Shark Research Institute. Foto tirada por Marty Snyderman.

tropical. Eles se adaptam à água salobra e à água doce, e até mesmo se aventuram muito nos rios e afluentes. Um tubarão cabeça-chata já foi capturado no Rio Amazonas. Devido a essas características, muitos especialistas consideram o

---

17 Informações: http://animals.nationalgeographic.com/animals/fish/bull-shark.html
18 Informações: http://mundoestranho.abril.com.br/mundoanimal/pergunta_287331.shtml

tubarão cabeça-chata um dos mais perigosos do mundo. Historicamente, eles são colocados, juntamente com os tubarões-brancos e tubarões-tigre, como uma das três espécies mais suscetíveis de atacar os humanos.

Os tubarões cabeça-chata, também chamados de tubarões--touro (*Bull shark*), têm esse nome por causa de seu focinho curto e pontudo, bem como sua disposição combativa e uma tendência a dar cabeçada na presa antes de atacar. Eles se encaixam nos grupos dos tubarões de médio porte, com corpos robustos e longas barbatanas peitorais. Encontram-se cruzando as águas rasas e quentes de todos os oceanos do mundo. Rápidos, ágeis predadores, eles comem quase tudo o que veem, incluindo peixes, golfinhos e até mesmo outros tubarões. Os seres humanos não fazem parte de seu cardápio. No entanto, eles frequentam as águas turvas dos estuários e baías e muitas vezes atacam as pessoas, inadvertidamente ou por curiosidade. Especialistas especulam se sua ferocidade está associada à alta taxa de testosterona de seu organismo, uma das maiores entre todos os animais do planeta, mas isso ainda não foi definitivamente comprovado. Essa espécie pode atingir até 3,5 metros e 230 quilos.

Em 2006 foi ao ar, no Discovery Channel, o documentário *Rebelião dos Tubarões*, que foi aguardado com muita apreensão pelo *trade* turístico de Pernambuco na época. Produzido pelo mergulhador Lawrence Wahba e pelo Discovery Channel, o documentário procurou identificar o comportamento dos tubarões (citados neste relato) em vários pontos do mundo, a fim de encontrar uma razão para o que vinha acontecendo no litoral de Pernambuco. O que se verificou é que, enquanto em outros locais os tubarões têm uma fartura de alimentos e um ambiente sadio, o litoral da Região Metropolitana de Recife não possui as mesmas condições. Muito pelo contrário. Água turva, baixa atividade marinha, lixo etc. acabam deixando o tubarão em uma situação confusa e sem opções, tornando esse ambiente propício ao encontro com os banhistas e surfistas da área. Porém, como explicar outras regiões que sofrem do mesmo problema, mas não têm nenhum registro de ataque? Talvez essas evidências expliquem o porquê de os tubarões atacarem as pessoas, mas não explicam como eles chegaram até aquela área. A Universidade Federal de Pernambuco faz o monitoramento do comportamento dos tubarões na área e, inclusive, junto

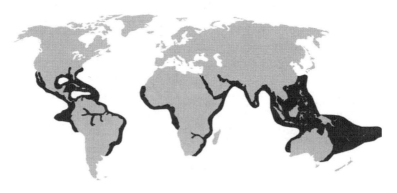

Mapa mostrando onde são achados os tubarões cabeça-chata. Fonte: Distribution map for *Carcharhinus leucus* |self-made |Date=29 September 2007 |Author Chris_huh |Permission=GNU Free Documentation License.

com as ações de monitoramento, existe a realocação dos tubarões no oceano. Depois de capturados, os tubarões de espécies agressivas são catalogados, medidos e pesados. Depois o tubarão é devolvido ao oceano em outra região, ou seja, é solto longe da costa para que não se dirija às áreas de contato com humanos. Está dando certo? O professor Fábio Hazin, responsável por esse programa, diz que sim, e isso resultou na diminuição dos ataques após o início dessas ações. Por outro lado, é fato que as pessoas hoje têm receio de entrar na água e, com menos banhistas se aventurando, é natural que esse número caia.

Palpites, estudos e registros. Nada disso fez com que as praias de Recife voltassem a ser as mesmas. E eu não creio que voltem a ser. Antes do fechamento deste livro, registrei o último ataque, em 22 de julho de 2013, a uma turista que veio do estado de São Paulo passar as férias em Recife. Ela perdeu a vida em uma combinação de fatalidade e falhas de estrutura de salvamento. Primeiramente, foi levada para uma parte mais funda, arrastada pelas ondas. Sem saber nadar, acabou se complicando e, para piorar, um tubarão estava nos arredores. A jovem foi atacada com mordidas violentas em sua perna esquerda. Apesar do salvamento rápido e corajoso efetuado pelo Corpo de Bombeiros, tudo foi em vão, pois em terra não existia estrutura adequada para dar os primeiros socorros que a gravidade da situação requeria. O resultado foi a morte da vítima após algumas horas.

Na minha opinião, as seguintes providências deveriam ser tomadas em uma tentativa de minimizar a situação:

- O Corpo de Bombeiros deveria receber treinamento e estrutura adequados para cuidar de uma praia como a de Boa Viagem (nos Estados Unidos eles têm postos de observação com megafones para alertar os banhistas quando avistam uma situação de perigo e, também, veículos que ficam à disposição para resgate).
- Dar poder aos salva-vidas para retirar e até multar os banhistas e surfistas que não seguirem suas orientações.
- Os hotéis devem orientar seus hóspedes quanto aos cuidados que precisam ter no banho de mar (sim, e isso não vai espantar os turistas, já foi provado por meio de pesquisas que eles têm mais medo da violência do que dos tubarões).
- Os hospitais e Unidades de Pronto Atendimento (UPA) próximos ao litoral precisam se adequar para receber vítimas de ataque de tubarão.

- E, finalmente, deve ser feito um trabalho educacional com a população local para esclarecer sobre o comportamento dos tubarões, quais espécies "frequentam" a praia e como conviver com eles.

Certamente algumas dessas sugestões já foram implementadas, mas não sei se foi pra valer, e tenho a impressão de que foi feito de qualquer jeito, sem seriedade, apenas para dar uma resposta à imprensa e à população.
Será que esse foi o último ataque? Gostaria de acreditar que sim, mas creio que a 60ª vítima aparecerá, cedo ou tarde. O ponto é adiar ao máximo esse acontecimento e, se acontecer, que estejamos preparados para salvar vidas de fato. Lembre-se de que não existe essa de "não acontecerá comigo". Aposto que todas as vítimas, inclusive eu, pensavam da mesma forma.

Links para visitação:

Museu de História Natural da Flórida
http://www.flmnh.ufl.edu/fish/

National Geographic
www.nationalgeographic.com

Shark Research Institute
http://www.sharks.org/

O ENCONTRO

Eu já estudava Odontologia, já tinha assistido a várias cirurgias na faculdade (não só de boca), mas aquilo realmente me deixou assustado e perplexo com a gravidade e violência do ataque. A médica que atendeu a vítima na primeira vez, e que fez a primeira cirurgia, ficava me mostrando a perna descoberta (descoberta de pele, inclusive), a tíbia, a fíbula, o vaso tal, o nervo tal. Ao mesmo tempo em que eu estava muito curioso, também estava questionando: "Meu Deus, um garoto de 15 anos merece tal castigo?".

As horas passavam e eu percebia que Fred ia ficando nervoso, pois estava chegando a hora do curativo. Quando o barulho do carrinho dos curativos no corredor se aproximava, ele já começava a gritar desesperado e ficava berrando sem parar: "O vermelhinho não, o vermelhinho não!". Era álcool iodado que passavam para limpar a ferida aberta, para evitar infecção. Aquela cena eu nunca vou esquecer. Tínhamos que ficar segurando o Fred (umas duas pessoas) para poder fazer o procedimento.

No outro dia, ainda no Hospital da Restauração, eu estava bem baixo-astral pela situação, quando entrou no quarto um menino, que, se bem me lembro, devia ter uns cinco anos, correndo igual a um raio, sorrindo e brincando com o acompanhante e com as enfermeiras. Ele estava no hospital havia semanas se recuperando de um choque elétrico que tinha levado em casa, o que fez com que ele tivesse os dois braços arrancados. Foi outra coisa que me marcou, e me fez perceber que a situação de Fred, apesar de muito grave, era bem melhor que a daquele garoto e, provavelmente, de muitos que ali estavam.

Demétrio Lima – primo

Ano de 1994. A situação do surfe na Praia de Boa Viagem já sofria as consequências dos ataques dos anos anteriores, mas esse, em particular, foi um ano terrível para as vítimas de ataques de tubarão. Agora, a rapaziada local estava pensativa: quem será a próxima vítima? Porém, apesar das notícias dos ataques, nós, praticantes de surfe, ainda continuávamos a nos aventurar nas águas de nossa praia. As razões pelas quais atribuo essa ousadia de se arriscar naquelas águas eram basicamente três: nenhum ataque fatal e grave a surfistas, pouco destaque aos banhistas mortos até então (até porque muitos nem acreditavam que os tubarões poderiam chegar tão perto da praia e duvidavam dessas notícias) e a falta de intervenção dos governos estadual e municipal na época, que não tiveram uma ação rápida em busca da preservação da população.

Quinze dias antes do meu ataque eu soube que um conhecido nosso, chamado Índio, professor de capoeira que vendia roupas para a galera do surfe, tinha sido atacado em um local não muito longe de onde nós surfávamos. O local é chamado de Castelinho, pois ficava em frente de uma casa que lembra um castelo. Recordo-me de que Iuri me ligou e comentou assustado: "Cara, você viu quem foi atacado? O Índio, lá no Castelinho. Fica ligado aí, pois parece que a coisa está ficando séria". Eu tinha visto o ocorrido no jornal da noite quando estava em casa. Índio teve uma parte da panturrilha mordida, o que o deixou, semanas depois, com alguma limitação no movimento do pé. O surfe não era proibido nessa época, mas já haviam acontecido 10 ataques antes do meu, em intervalos grandes entre um e outro. Porém, alguns desses ataques só foram registrados tendo como causa da morte o ataque de tubarão alguns anos depois, especialmente aqueles que envolviam banhistas. Nessa época, teoricamente, as pessoas que surfavam não estavam fazendo nada ilegal. No entanto, a paixão pelo surfe já entrava em conflito com o medo de ser a próxima vítima. Certo dia, um rapaz que sempre surfava próximo a mim gritou: "Tubarão!". Mas ninguém deu bola. Ele saiu da água, esperou um tempo, viu que nada aconteceu e retornou. De fato, nada aconteceu naquele dia. Ninguém viu movimentos estranhos no mar.

Domingão, 24 de julho de 1994. Fazia apenas quinze dias que o Índio tinha sido atacado em frente ao Castelinho. Quando se tinha alguma notícia de ataque de tubarão na área, esse era mais ou menos o tempo que o pessoal local esperava para voltar a surfar. E, desta vez, não foi diferente. Da janela de minha casa, que ficava a apenas uma quadra da praia, eu podia ver o pessoal na água surfando. Foi então que vi o Rubinho, um de meus amigos, descendo uma onda. Aí já não deu para segurar: coloquei uma bermuda, peguei a prancha e segui para a praia.

O clima estava estranho. Entrei na água, deitei na prancha, comecei a remar, apesar de ficar um pouco desequilibrado, pelo fato de não ter surfado nos últimos 15 dias. Embora estivesse fazendo o que mais adorava, eu estava tenso e a minha consciência parecia dizer: "Você não deveria estar aqui". Ainda que um número grande de pessoas estivesse surfando naquele momento, a sensação era a de participar de uma roleta-russa. Ali, naquele local, naquele dia, alguém poderia ser a próxima vítima e se dar muito mal. Entre as trinta pessoas, mais ou menos, que estavam na água, acredito que todas sentiam, em graus diferentes, medo de estar ali. Contudo, aquele pensamento de que esse tipo de coisa ruim só acontece com os outros e nunca com você estava sempre presente, aliviando a tensão. Essa sensação fica mais perturbadora quando, de fato, algo ruim, que você não imaginava que aconteceria com você, acontece. Não existe a possibilidade de voltar no tempo. Já aconteceu.

Logo após eu entrar no mar, meu amigo Rubinho saiu da água para ir pra casa. Na areia só restavam os grupos de pessoas que ficam até escurecer, bebendo cerveja, rodeados de copos plásticos, palitos de picolé e outras sujeiras mais que os frequentadores da praia costumam descartar após passarem o dia usufruindo do espaço público. Já estava quase na hora de minha saída. Olho para o relógio e o vejo marcando 16 horas. O sol já tinha desaparecido por trás dos altos edifícios da Avenida Boa Viagem. Sentado em minha prancha Alamoa, com as duas pernas submersas na água, estava no aguardo da minha última onda. Só que ela não viria logo. As ondas pararam. Não subia nada. Como o sol já tinha ido embora, veio também a sensação de frio. Com a água calma, o silêncio tomava conta do ambiente.

De repente, sinto em minha perna esquerda um puxão forte para baixo e algo que se fincava nela como se fossem unhas afiadas. Eu gritei antes de olhar e pensei: "Só pode ser uma dessas brincadeiras que o pessoal prega fingindo ser tubarão". Mas, quando olhei, eu estava de fato sendo mais uma vítima de ataque de tubarão. Comecei a gritar quando vi o tubarão prestes a arrancar um pedaço de mim. Olhei para o lado e vi que todos que surfavam no mar estavam saindo da água desesperados, acelerados, como se tivessem motores nas mãos. Muitos que ali estavam, inclusive, já tinham presenciado outros ataques antes do meu. Eu me vi sozinho naquele momento. Entre a vida e a morte. Por outro lado, nos meus quinze anos de idade não passava pela minha cabeça perder a vida ali. Não que eu tivesse tido a iniciativa racional de lutar pela minha vida, apenas reagi de acordo com meus instintos. Esperei, apavorado, que algo acontecesse e eu conseguisse sair dali. A força do tubarão era impressionante e, depois de alguns segundos, com meu pé esquerdo dentro de sua boca, o animal, finalmente, fecha a mandíbula, arrancando meu pé. Imediatamente, viro na prancha e, como um cervo fugindo loucamente dos leões nas savanas africanas, depois de ter levado a primeira mordida, remo em direção à margem. Nesse momento, coloquei minhas mãos dentro da água para poder me movimentar e sair daquela situação agonizante. Quando descrevo esse momento, paro um pouco e seguro minhas mãos, pensando o que poderia ter acontecido caso o tubarão decidisse abocanhar uma delas. Sorte a minha não ter acontecido nada com minhas mãos. Então, logo em seguida, sinto uma batida embaixo da prancha. Não sei se o tubarão tentou abocanhar algo por baixo ou se apenas o dorso dele bateu quando passou, mas ficou claro que ele ainda estava por perto. Com as pernas levantadas e ainda remando em direção à margem, olhei para trás e vi o estrago feito pelo violento ataque. Meu pé já não estava mais ali, e apareceria dias depois boiando na Praia do Pina, a uns seis quilômetros do ponto do meu ataque. O osso estava exposto, o tendão pendurado, a carne à mostra e muito sangue escorrendo pela perna. Não acreditava que estava passando por aquilo. O "engraçado" foi que, apesar de tanta força e violência, não senti nenhuma dor ao ter meu pé arrancado. Talvez a descarga de adrenalina anule a sensação de dor.

Finalmente chego à parte rasa da praia, e um dos colegas que estavam no mar me pega nos braços e, imediatamente, corre pela areia até chegar à Avenida Boa Viagem, que fica paralela à praia. Sem pensar muito, comigo ainda nos braços, ele vai para o meio da pista e para o trânsito da avenida. Imagine a cena, um camarada sem camisa, só de bermuda, com uma vítima nos braços sangrando e sem o pé. Foi um momento chocante para quem estava de passagem pelo local. Com o trânsito parado, veio o desafio de achar alguém disposto a me levar para o hospital, que fica a mais ou menos doze quilômetros daquele ponto da praia. Uma mãe, com suas crianças em uma perua, se ofereceu para me levar. Chegaram até a abrir o porta-malas, mas concluíram que não era uma cena muito adequada para as crianças que estavam no carro.

61

Então continuamos correndo no trânsito parado, pelos corredores formados pelos carros, procurando alguém que pudesse me levar. Foi aí que outra pessoa, em um Gurgel BR 800, se habilitou. Não lembro muito bem se havia alguém no banco do passageiro. Fui colocado às pressas no banco de trás, com as pernas levantadas, pois o banco traseiro desse carro é minúsculo. Começamos a nos dirigir ao Hospital da Restauração, principal hospital público de Pernambuco, que, apesar de sua estrutura precária, era a opção mais adequada para uma situação de emergência como aquela. Quando estava no carro sendo levado, lembro que falei "vai mais rápido", e o dono do carro (não lembro nem se fomos apresentados) falou: "Estou indo na máxima velocidade que posso". Não poderia exigir muito do pequeno Gurgel BR 800, mas o desespero era muito grande. Até que chegou um momento em que eu ri. Não uma gargalhada. Apenas um riso que ninguém mais viu. Só eu. Por que eu estava rindo? Honestamente, não sei. Creio que aquela situação frenética e a minha incapacidade me fizeram pensar: "Não tem mais nada que eu possa fazer. Resta-me esperar".

Quatro quilômetros após o local do ataque, tendo em vista que iria demorar muito o transporte no Gurgel BR 800 até o hospital, o motorista decidiu parar em um posto policial localizado no segundo jardim da Praia de Boa Viagem. O local estava cercado por uma multidão que celebrava algo de algum time local, que, se não me falha a memória, era o Sport Club de Recife. Eu me recordo que os policiais atenderam prontamente o pedido de me levar até o hospital e providenciaram a minha remoção para a viatura da polícia. Nesse momento, a multidão que estava no festejo voltou suas atenções para mim e se aglomerou ao redor da viatura em busca de uma melhor visão da minha situação. Incrível como a desgraça alheia gera curiosidade na massa. Foi uma operação complicada, com o sangue escorrendo de minha perna e o cuidado de não afetar a ferida que estava aberta. Já na viatura da polícia, novamente fui colocado no banco de trás do carro junto com um policial. Com a sirene ligada e com um carro mais potente, agora conseguíamos nos mover mais rápido. Não existia trânsito para o carro da polícia, que vinha a toda a velocidade e com a sirene soando. Após alguns minutos chegamos à emergência do Hospital da Restauração, uma das maiores emergências do Nordeste. Gente com todo tipo de situação é encaminhada para lá e é sabido que a maior parte dos hospitais públicos do Brasil funciona em condições muito precárias. Não se pode esperar o melhor dos confortos. Assim que cheguei, fui removido da viatura da polícia, colocado em uma maca de ferro e encaminhado rapidamente para a sala de cirurgia. Não posso descrever a situação com detalhes porque "apaguei" logo depois.

Distante dali, na Ilha de Itamaracá, situada no litoral norte do estado, a uns 60 quilômetros de Recife, meus pais receberam a notícia. Eles passavam o fim de semana com os amigos e estavam bebendo e comendo churrasco, como de costume. Assim que ficaram sabendo, lembro minha mãe dizer que meu pai, que já tinha bebido alguns uísques, ficou lúcido na mesma hora. Imagino que a notícia recebida deve ter sido algo do tipo: "Seu filho foi atacado por um tubarão e está no hospital". O que pensar? Corre risco de vida? O estado é grave? Já morreu? Estar longe e não ter notícias mais precisas fizeram com que eles e os amigos ficassem desesperados e logo retornassem para Recife.

Lembro-me de *flashes* na sala de cirurgia, pois eu estava completamente desorientado. Creio que, em algum momento, devo ter recebido alguma coisa para me anestesiar. Acordei em dois momentos. Um foi logo que meu tio João chegou ao local para verificar o meu estado e, depois, quando acordei com os médicos me segurando para que eu ficasse sentado, curvado e parado para a aplicação de uma injeção nas costas. Recordo-me de que eles falaram: "Não se mova de jeito nenhum". Estava tomando uma anestesia aplicada na coluna vertebral para que fosse iniciado o procedimento cirúrgico. Depois disso minha vista escureceu e "apaguei" mais uma vez. Essa primeira cirurgia teve como objetivo limpar o local, estancar o sangue do ferimento, serrar o osso que ficou exposto e cortar parte do tendão que tinha ficado pendurado. Acordei algum tempo depois em uma sala ampla, juntamente com outros pacientes. Não sei bem se era uma sala de recuperação ou uma enfermaria. Havia várias camas postas lado a lado. A maioria delas estava vazia. Eram poucos os pacientes que estavam no local. Meus pais estavam à porta da sala, aguardando que eu acordasse, junto com o batalhão da imprensa esperando para registrar o fato do dia. Ao entrar na sala, meu pai estava com a voz trêmula, ainda chocado com o ocorrido. Aproveitei aquele momento de fragilidade dele para "extorqui-lo" e pedir um CD do Bob Marley, e ele prontamente afirmou que compraria. É até engraçado quando me lembro disso. Quem, em sã consciência, faria um pedido desses numa situação igual a essa em que eu me encontrava? Enfim, quinze anos de idade, sabe como é, né?!

Meus amigos me enviaram um bilhete para me dar força, pedindo para que eu ficasse tranquilo.

Ainda na sala de recuperação, alguns jornalistas me entrevistaram, tiraram fotos, enfim, fizeram o trabalho deles. No dia seguinte, meu nome e imagem apareceram estampados nos jornais do Brasil inteiro. Pela madrugada, tive vontade de urinar, olhei para baixo e vi um balde grande, mas não sabia o que tinha dentro. Na falta de algo adequado para isso, despejei ali mesmo, porque o aperto era muito grande. Os hospitais públicos do Brasil, com raras exceções, são bem precários. Eu sabia que não usufruiria do conforto de um hospital particular, porém o atendimento oferecido pelos funcionários foi além do esperado. Algum tempo depois, creio que no dia seguinte, fui colocado em um quarto com mais dois pacientes. Como falei, tratando-se de um hospital público, dividir um apartamento com três poderia ser considerado um luxo. O período em que fiquei no Hospital da Restauração foi um pesadelo para mim. Fiquei em um quarto sem privacidade, sem divisões, lado a lado com outras pessoas que eu não conhecia. Meu ferimento era higienizado todos os dias pelas enfermeiras. Era necessário que a ferida continuasse aberta, permitindo, assim, a detecção de possíveis infecções. A parte afetada da perna estava coberta apenas por bandagens para não ter contato com o ar e, claro, com micro-organismos. Tal probabilidade de infecção se dava pelo fato de a boca e os dentes do tubarão conterem grande quantidade de bactérias, justificada pelo fato de o animal comer de tudo no oceano. E também a própria água da praia, que pode contaminar o ferimento após o ataque, e o transporte, feito sem muitos cuidados de higiene. Algumas vítimas de ataque de tubarão sofreram infecção pós-ataque e tiveram que passar por um aparelho chamado câmara hiperbárica.

As doenças com indicações para Oxigenoterapia Hiperbárica, na maioria das vezes, são aquelas resistentes aos tratamentos convencionais – amputações, procedimentos cirúrgicos, uso de antibióticos, diárias hospitalares –, implicando grandes custos para o paciente e frustração para a equipe médica[19]. Consiste na oferta de oxigênio puro, numa pressão um pouco maior que a atmosférica, de modo a aumentar a concentração de oxigênio na corrente sanguínea do paciente e, consequentemente, nos demais tecidos do corpo. A prática melhora a oxigenação do local ferido, reduzindo o risco de infecção e de edemas[20]. É importante informar também que existem câmaras hiperbáricas projetadas com a finalidade de preparar o organismo dos mergulhadores para atividades em grandes profundidades.

19 http://www.hospitalpilar.com.br/faq2.php
20 Fonte: http://www2.uol.com.br/JC/sites/tubarao/materia_tratamento.htm

Boa Viagem ganha placas de alerta

A praia de Boa Viagem vai ganhar, a partir de segunda-feira, vinte e oito placas de advertência, alertando para o risco do banho de mar e prática do surf além dos arrecifes. Marcada para hoje, a colocação foi adiada porque as estruturas em concreto não ficaram prontas, por causa das chuvas. A primeira placa — que ficará no posto de salvamento do Pina — será instalada 57 dias após o ataque de tubarão que atingiu o estudante Carlos Frederico Martins, em frente ao edifício Acaiaca. De acordo com o secretário de Turismo, Pepe Cal, elas terão frases em português e inglês, mas não farão nenhuma referência aos ataques de tubarões.

Toda a orla, desde o Pina até o final de Boa Viagem, vão receber as placas de advertência. Em catorze pontos, definidos pelo Corpo de Bombeiros, serão colocadas duas — uma no sentido da praia, outra na direção da avenida. As frases foram escolhidas por uma comissão reunindo Prefeitura, Corpo de Bombeiros, UFRPE, surfistas, Capitania dos Portos e outras entidades.

São elas: "Respeite os limites naturais. Evite o banho após os arrecifes", "Mar Aberto. Zona Imprópria para Banho", "Surfistas: a onda é respeitar os limites naturais. Não ultrapasse os arrecifes" e "Desfrute das piscinas naturais. Não vá além dos arrecifes". O secretário de Turismo explicou que, pessoalmente, não viu necessidade de alertar surfistas e banhistas para o risco específico dos ataques de tubarões. "Os peixes estão no seu habitat, a população deve conscientizar-se e respeitar os limites do mar", disse.

Mar dá aviso aos surfistas

Departamento de Pesquisa

Desde o início do ano, a Imprensa já noticiou quatro ataques de tubarões a surfistas, mas praias da zona sul. O caso mais recente foi o do estudante Carlos Frederico Martins, 15 anos, que surfava em frente ao edifício Acaiaca, em Boa Viagem, no dia 24 de julho. Carlos teve o pé direito decepado. Do acidente para cá, o surfista já foi submetido a duas cirurgias. A primeira para limpeza e drenagem do ferimento e a segunda para correções estéticas.

O caso anterior aconteceu em frente ao Hotel Vila Rica, ainda em Boa Viagem. O professor de capoeira Sandro Paulos dos Santos, 20 anos, surfava ao final da tarde, foi atingido na perna, sofrendo cirurgias de restauração dos músculos e tecidos. Quatro meses antes, o ataque foi ao estudante de medicina Albano Gomes Dias Filho, 25 anos, também em frente ao Acaiaca. O incidente aconteceu as 7h da manhã, dia 1 de março, causando lesões musculares, no tendão e do osso. Albano precisou realizar cirurgias de recomposição e enxerto.

A primeira vítima foi Sérgio Adrião Gomes da Silva, 15 anos, atacado em Piedade, em janeiro. Como os outros três, também surfava e lembra apenas ter visto uma mancha escura na água e depois sentido a dor. Ele perdeu parte da musculatura e tendão da parte frontal do pé direito.

Notas de jornais locais sobre o ataque ocorrido comigo na Praia de Boa Viagem.

A ferida deveria ser higienizada todos os dias com álcool iodado para desinfetar o local afetado. No início, quando a enfermeira veio pela primeira vez fazer a limpeza, eu estava tranquilo, e nem imaginava o que estaria por vir, até porque o que eu ia esperar de uma limpeza? Subestimei, e muito, a tal da limpeza. A enfermeira começou a desenrolar a bandagem do meu ferimento e pude ver o local aberto com todas as partes à mostra. Em seguida, aplicou o álcool iodado na região da ferida. Foi como receber um banho de ácido. Eu gritei por causa da dor. Uma dor inimaginável. Era como se eu estivesse sendo torturado em uma sala de interrogatório e tivesse que delatar meus comparsas sob pena de sofrer muito. Apesar de estar esperneando, ela, a enfermeira, teria que finalizar todo o processo. Eu já não aguentava tanta dor e todo o hospital, provavelmente, pôde ouvir meus gritos. Por isso, a enfermeira fechou a porta do quarto, para que os berros não ecoassem nos corredores, ou as pessoas pensariam que alguém vivo estava tendo a cabeça arrancada. Para se ter uma ideia do meu sofrimento, havia a necessidade de me segurar na cama para que eu não me debatesse tanto e dificultasse o trabalho da enfermeira. Todos os dias, durante mais ou menos duas semanas, tive que passar por isso e, naturalmente, fiquei traumatizado. Era uma angústia diária aguardar a chegada da enfermeira para fazer a tal limpeza. Enquanto ela retirava a bandagem para jogar o álcool iodado, eu me sentia como se estivesse em um ritual. E eu era a oferenda. Algumas pessoas me perguntam: "Você sentiu dor quando foi atacado?". E eu respondo: "Não, nenhuma, mas sofri na limpeza do meu ferimento". E, mesmo assim, elas não acreditam que não senti nada durante o ataque. Juntamente com a limpeza diária do ferimento, também estava sendo administrado um coquetel de comprimidos, provavelmente antibióticos para prevenir a proliferação de bactérias na região da lesão.

Depois de certo período confinado no hospital, fui perdendo os meus "colegas" de quarto. Em nosso "aposento", como já falei, as três camas ficavam paralelas, lado a lado, sem nenhuma divisão. A minha cama era a do meio. Do meu lado esquerdo ficava um senhor que não falava e sempre estava com uma mulher junto à cama. Após uns dois dias ele faleceu. Lembro-me da mulher tentando acordar o homem, mas sem resposta, correndo à procura de um médico que, logo depois, após tentativas de reanimação, atestou a morte do paciente. Depois de ficar estirado alguns minutos, o pessoal do hospital colocou o corpo dentro de um saco de tecido marrom. Ficou na cama por algumas horas, como um embrulho.

Do lado direito ficava um senhor de mais ou menos 60 anos. Ele estava com a perna em um suporte suspenso. Com esse senhor eu cheguei a trocar algumas palavras. Perguntei a ele o que havia acontecido com sua perna e ele disse que estava com alguma coisa (não me recordo agora), mas, provavelmente, tinha contraído infecção. Cheguei a comentar algo do tipo "dependendo de como esteja a infecção, é provável que o senhor tenha que amputar a perna". E meu primo Demétrio, que me acompanhou por vários dias no hospital, depois falou que eu tinha feito um comentário infeliz. Sabe como é, quinze anos de idade e sem muita noção do que se deve ou não falar em uma hora dessas. O fato é que mais adiante esse senhor também faleceu, provavelmente por conta das complicações de sua infecção. Parecia que a morte me rondava naquele quarto, mas não seria ali que ela me levaria. Caso quisesse de fato me levar, ela já o teria feito. De repente, foi só um aviso. Uma dessas situações para balançar você e fazê-lo refletir sobre os aspectos da vida.

Sem vizinhos de quarto, pois todos já estavam na "pós-vida", acabei ficando sozinho até o momento em que fui transferido para um hospital particular, o Hospital São Marcos, também em Recife.

Antes de minha transferência, vale relatar uma visita que recebi. Muito estranha, para dizer a verdade. Foi a visita de A. D., atacado meses antes, no mesmo ano de 1994. Por ter sido uma vítima de ataque, sua visita era bem-vinda, sem dúvida, ainda mais que, no meu caso, segundo ele, a utilização da prótese faria com que eu voltasse a andar normalmente. Essa era a opinião que ele tinha como estudante de medicina. Já o caso dele dava para perceber que não tinha sido superado. Na realidade, um caso complicado, diga-se de passagem, pois a ferida feita pelo tubarão resultou em infecção e danos permanentes em sua perna. Foi um dos casos de ataque cujas vítimas necessitaram de tratamento na câmara hiperbárica. Mas por que uma visita estranha? O fato é que, depois de certo tempo no quarto conversando sobre a minha situação, A. D. começou a descrever um plano audacioso para capturar o tubarão, jogando galinhas ensanguentadas no mar como isca. Ele alugaria um barco e iria caçar o animal com as próprias mãos. Foi uma conversa meio sem pé nem cabeça, até porque ninguém sabia de quantos tubarões se tratava. Mas deu para perceber que, depois de alguns meses após seu ataque, ele demonstrava estar inconformado com o que tinha acontecido e isso é um sentimento terrível para quem tem que encarar a situação para o resto da vida.

No ano 2000, A. D. foi encontrado morto em uma favela de Recife, e as razões de sua morte não ficaram bem claras, mas a última versão teria sido a de tentativa de separar uma briga, o que acabou resultando em sua trágica morte. Morte não causada por tubarão, mas pela raça humana.

Durante a transferência para o outro hospital, a ambulância balançava sem parar, acertando todos os buracos ao longo do caminho. Chegando lá, e instalado em um quarto individual, o conforto era maior e eu poderia receber também os familiares e amigos. Até mesmo os curiosos caras de pau, como uma mulher que entrou no meu quarto sem pedir permissão e perguntou: "Você foi vítima do tubarão?". Eu respondi que sim. Então ela emendou: "Como foi o ataque? Doeu muito?". Só depois percebemos que não se tratava de uma enfermeira ou funcionária do hospital, mas sim de uma curiosa que logo foi convidada a se retirar. O que explica tal curiosidade pela desgraça dos outros? O que é que chama tanta atenção?

As visitas, quando não de intrusos, sempre me animavam. Afinal, ficar deitado por horas seguidas era entediante. Receber a visita dos amigos significava que aquelas pessoas se importavam comigo. No caso dos colegas de colégio, alguns deles ficaram responsáveis por fazer anotações das aulas para que eu pudesse acompanhar o ano escolar e não perdesse o conteúdo das disciplinas, como as colegas Sylvia, Roberta e Taciana. Todos os meus amigos vieram. Lembro que Raphael, um grande amigo de infância, passou mal e não conseguiu entrar no quarto logo que chegou. Só depois de tomar ar ele teve coragem de entrar, mas, ainda assim, estava chocado com o ocorrido. O pessoal que me visitava chegava a me estranhar, tamanho era meu bom humor. Eu estava encarando a situação numa boa. Era "frustrante" para a psicóloga, que ia me visitar todos os dias e via que eu não tinha problema nenhum. Uma situação cômica, pois ela esperava que, em algum momento, eu abrisse o coração e contasse todo o meu sofrimento. Mas eu, simplesmente, não tinha nada para compartilhar. Meu pai ligou meu bom humor ao fato de eu estar na mídia. Ele tinha receio de que, quando essa visibilidade acabasse e eu voltasse aos dias normais, a situação mudasse meu humor e causasse depressão pela minha nova condição. Mas isso não ocorreu. Continuei o mesmo que sou até hoje. Não sei a que se deve essa minha positividade. Talvez por ter sido sempre uma pessoa brincalhona, extrovertida e comunicativa. Eu não conseguiria mudar assim tão fácil, apesar dos fatos. Também acredito que a idade acabou ajudando. Com quinze anos, aceitar uma vida dentro de uma nova condição talvez tenha sido mais fácil do que se tivesse acontecido em um momento mais adiante da vida, já com tudo construído. Mas, com quinze anos, a vida estava apenas no começo e uma longa jornada ainda estava por vir.

As trocas dos curativos, que eu tanto temia, ficaram mais tranquilas, pois já não havia mais a necessidade de utilizar álcool iodado, apenas soro fisiológico. O risco de infecção tinha sido eliminado. Tempos depois, fui submetido a uma nova cirurgia para o fechamento do ferimento. Não me lembro de muita coisa. Apenas de quando os médicos me deram uma máscara para inalar uma substância, que me fez adormecer rapidamente. Quando acordei, já estava no quarto do hospital com o ferimento fechado e costurado.

Não sei ao certo se foi antes ou depois da segunda cirurgia, mas ainda no hospital lembro que minha mãe levou orçamentos e alguns contatos de empresas que fabricavam próteses. Apesar de termos iniciado uma discussão sobre o assunto, ainda não tinha "caído a ficha" de que eu tinha perdido o pé esquerdo e que deveria dali por diante usar uma perna artificial. Essa é uma sensação que tenho até hoje, normal em quem tem um membro amputado, denominada na medicina de membro fantasma. O membro fantasma é a falsa impressão que o indivíduo tem de que a parte perdida do corpo ainda está lá, no mesmo lugar, depois que foi amputada. A falsa impressão de ainda ter o pé e os dedos está sempre presente. Tenho uma sensação esquisita, é como se a sola do pé estivesse permanentemente contraída. É como se o cérebro não reconhecesse a falta do membro e continuasse a ter a percepção por meio das terminações nervosas da região amputada. Também sinto umas espetadas fortes e agudas na perna, que eu não sei o que são nem me incomodam, pois não acontecem com frequência.

Fiquei no Hospital São Marcos entre uma e duas semanas, não mais que isso. Agora, a volta para casa e os desafios da retomada de uma vida normal iriam colocar à prova a minha lucidez.

Não sou o único "privilegiado" por ter sido atacado por um tubarão. Houve muitos outros, não só em Recife. Austrália, Estados Unidos, África do Sul, entre outros países, registram vítimas de tubarão com diferentes experiências e reações. Essas reações diferentes fazem com que cada um toque a sua vida pós-ataque de uma forma específica. Foi o caso do australiano Rodney Fox. Rodney foi atacado por um grande tubarão-branco em 1963, na Austrália, durante uma competição de pesca submarina. Sua história foi classificada por diversas vezes como a mais chocante de todos os tempos, considerada um milagre por Rodney ter sobrevivido a tanta violência e força durante o encontro com o animal. O tubarão o abocanhou pelo lado esquerdo do tórax e ele teve o pulmão perfurado, o abdome exposto, todas as costelas do lado esquerdo quebradas e quase morreu devido à grande quantidade de sangue perdido. Ele tem uma grande cicatriz que forma uma meia-lua e, apesar de tudo, foi uma pessoa que dedicou toda a sua vida ao estudo do grande tubarão-branco. Foi ele o pioneiro na criação da gaiola de observação dos tubarões, em que os mergulhadores e turistas podem observar com segurança o comportamento do animal em seu hábitat natural. Ele também foi consultor do clássico filme *Tubarão*. Hoje, boa parte das grandes expedições e documentários produzidos sobre o animal tem, quase que obrigatoriamente, o envolvimento dele, por causa da experiência adquirida em todos esses anos.

Como se vê, escolhemos os caminhos que queremos trilhar. E só nós podemos fazer essa escolha, mais ninguém. Alguns, após o ataque, quiseram caçar o seu "agressor". Outros procuraram compreender e convivem (e ganham dinheiro com isso) com os tubarões sem problemas, respeitando os limites necessários. E o meu caso, qual rumo tomaria? Será que eu conseguiria superar esse trauma? A única certeza que eu tinha era de que o mundo continuava a girar, a vida a caminhar e as ondas a quebrar. A minha escolha eu teria que fazer.

Links para visitação:

Rodney Fox
https://www.rodneyfox.com.au/

Shark Attack Survivors
http://sharkattacksurvivors.com/

Shark Attack File
http://sharkattackfile.info

Shark Alliance
http://www.sharkalliance.org/

Global Shark Attack File
http://www.sharkattackfile.net/

Instituto Oceanário
www.oceanario.org.br

A ONDA CONTINUA A QUEBRAR

Muitas pessoas perguntam frequentemente: "Como você sobreviveu?". "Como você conseguiu fugir?". "Que tipo de tubarão atacou você?". Após meu ataque, quando um grande tubarão-branco me abocanhou pelo tórax, percebi que aquela minha situação despertou em muitas pessoas um medo primitivo de serem comidas vivas. Elas expressam medo de um animal que não podem controlar e desejam que eles sejam todos mortos. Estudos ao redor do mundo concluíram que poucas são as mortes por ataque de tubarão por ano.

Mesmo assim, o medo de ser atacado por um tubarão é muito forte e destoa do problema real, e depois de estudar essa situação por mais de quarenta anos, eu aprendi a admirar os tubarões. Eles são necessários para os nossos oceanos e eu digo sempre: nós temos que tomar cuidado com os tubarões, mas também tomar conta deles.

Enquanto muita gente tem medo de entrar na água, eu voltei a nadar e a mergulhar, pois eu amo o oceano.

Rodney Fox – Austrália. Depoimento enviado especialmente para a edição deste livro.

A vida continua e não podemos parar. Essa foi, pode-se dizer, uma preocupação minha no instante em que cheguei em casa. O que fazer daqui para a frente? Quando se passa por uma situação tão radical como a que passei, basicamente se tem duas opções: ou você encara o que ocorreu e toca a vida para a frente ou você simplesmente joga a toalha e desiste de viver, continuando aos trancos e barrancos e, muitas vezes, dando um fim à própria vida. O mundo continua a girar, as ondas continuam a quebrar e eu, que estava bem de cabeça, decidi continuar caminhando. Para ser honesto, não sabia o que estaria por vir. Afinal, tudo aconteceu quando eu era muito jovem, e, como todos nós sabemos, parece que já temos mais ou menos um destino-padrão a ser cumprido, que é estudar, formar-se em alguma profissão, trabalhar, constituir família e se aposentar, "esperando a morte chegar". Por outro lado, sabemos também que existem pessoas que não aceitam esse padrão e gostam de quebrar paradigmas, mudando a rotina dos tais "destinos traçados". Querem viver as vidas solteiras, pulam de paraquedas aos 80 anos, decidem rodar o mundo em busca de novas paisagens, vão viver em uma comunidade alternativa e por aí vai. Até que ponto aquilo que aconteceu comigo traria uma mudança de rota na minha vida, uma nova perspectiva de ver a vida? O que fiz de diferente por conta disso que não faria caso aquele tubarão, no dia 24 de julho de 1994, não abocanhasse o meu pé e sim o de outra pessoa?

O RETORNO PARA CASA

Minha preocupação na época foi tão grande que cheguei a ter um princípio de enfarte logo após Fred colocar a prótese. Eu reajo a pressão, mas, após toda aquela tensão, eu desabei. Antes de Fred voltar para casa, chegamos a cogitar a mudança de apartamento por causa do número de degraus que o nosso edifício possuía, dificultando até a subida de pessoas em condições normais, imagine de alguém utilizando muletas e sem um pé. Porém Fred se recusou, e ele subia e descia as escadas mais rápido do que nós, tamanha era sua agilidade. Para a volta aos estudos, providenciamos um táxi para levá-lo ao colégio e também à fisioterapia e, no início, cheguei até a acompanhá-lo. Depois de um tempo as coisas se organizaram e seguimos a vida normalmente.

Maria José Martins – mãe

O meu retorno para casa foi um momento muito aguardado por mim e cheio de expectativas para a minha mãe. Afinal, já fazia dias que estava dormindo em um hospital e creio que ninguém se sente bem em dormir com soro na veia. A minha chegada foi uma verdadeira operação logística. O prédio em que residíamos tinha quatro andares e nós morávamos no último andar, mas o grande problema é que não tinha elevador. Havia 69 degraus na escadaria do edifício. Antes de meu ataque, lembro que, quando íamos passar as férias na Praia de Itamaracá, tínhamos que descer com uma tonelada de coisas que minha mãe queria levar. Do mesmo jeito era subir até o apartamento com as compras de supermercado. Eu e meu irmão sempre nos escondíamos e fazíamos corpo mole para não carregar as coisas naquele monte de degraus. Eram muitos. Como após o acidente eu ainda não tinha condições de subir sozinho, era colocado em uma cadeira e carregado por duas pessoas. Não tenho certeza, mas creio que era o zelador de nosso prédio, Sr. João, e mais alguém. Claro, não foi uma operação fácil. Tínhamos que fazer intervalos entre os andares para o pessoal recuperar o fôlego.

Depois de um grande esforço por parte daqueles que me ajudaram a subir, finalmente cheguei em casa. Lar, doce lar. Lá eu sabia que estaria confortável, pois tinha certeza de que os cuidados de minha mãe seriam de hotel cinco estrelas. Não foram feitas muitas adaptações em minha casa para me receber. Apenas no banheiro, para ter mais segurança no banho, foi improvisado um toalheiro pequeno, fixado à parede, dentro do box. Isso serviria para me apoiar e me equilibrar melhor. Acostumar-me à minha nova condição para fazer coisas corriqueiras do dia a dia, incluindo tomar banho, era um desafio. Lembra-se do membro fantasma de que falei anteriormente? Pois é. Ele me pregou uma peça. Certa vez, quando ia entrar no box do banheiro, tentei pisar com meu pé esquerdo, só que não existia mais pé esquerdo. Era apenas a impressão de que o pé estava ali, mas, na realidade, as terminações nervosas acabam dando tal impressão. O resultado foi uma queda monumental, fazendo minha mãe entrar no banheiro desesperada para me socorrer. A sensação foi de ter dado um passo em um buraco no chão. Nada de mais aconteceu, fisicamente falando, mas a queda me fez cair na real. Situações como essa seriam corriqueiras no início e eu teria que ter calma e segurar a onda. Não conseguimos fazer nada direito se estamos em uma situação de ansiedade, de estresse ou de desespero. Ter foco naquele momento era importante e esse tipo de atitude a gente vai aprimorando com o passar dos anos, com a experiência.

Nesse período eu ainda não utilizava prótese. Para locomoção, compramos um par de muletas às quais tive que me acostumar. Ainda com pontos da cirurgia, sentia uma pressão grande na perna quando ficava de pé. Com certeza a circulação naquele local foi modificada completamente e, como consequência, causava essa pressão estranha.

Tive que me acostumar com as muletas, a me apoiar e me locomover com um pé só. Para onde eu ia, tinha que levar minhas "pernas extras". Isso me faz refletir como nós, seres humanos, somos habilidosos quando precisamos nos adaptar. Pessoas que ficaram cegas conseguem ser independentes, caminhando pela cidade e levando uma vida normal dentro das condições, ou uma pessoa surda que desenvolve uma linguagem própria para conseguir se comunicar. Comparando com as situações que acabei de citar, considero os desafios que tive que enfrentar bem mais tranquilos. A começar por descer e subir os quatro andares de meu prédio, ou seja, 69 degraus.

Escadaria do edifício onde eu tinha que subir e descer 69 degraus todos os dias de muleta, sem auxílio de ninguém. Foto do autor.

No início, a insegurança era muito grande e o medo do desequilíbrio com as muletas fazia as minhas pernas tremerem. Além do mais, a quantidade de degraus e a falta de corrimão na escadaria faziam com que essa trajetória, especialmente a descida, fosse extremamente perigosa. Eu poderia me desequilibrar e cair facilmente se não tivesse cuidado, ou escorregar com as muletas, como aconteceu diversas vezes, por conta de pisos lisos ou molhados. Depois, aos poucos, fui me acostumando. A prática leva à perfeição. Colocava primeiro as muletas e dava um impulso para jogar a perna para o próximo degrau. Até conseguir chegar ao ponto de subir de dois em dois degraus, de forma habilidosa. Depois de um período de recesso forçado em casa, tive que voltar a planejar as minhas atividades diárias. Algumas delas eram antigas, como ir ao colégio, e outras novas, como ir à fisioterapia e ao médico. Essa habilidade desenvolvida para subir e descer me ajudou bastante. Obviamente, ter uma vida de atividades físicas diárias até o dia de meu ataque foi um fator decisivo para tal desempenho. Não faltava fôlego para isso.

Certa vez, em uma de minhas descidas, com a força que fiz para me apoiar, quebrei o suporte que minha mão segurava. A solda arrebentou e, por sorte, não caí escada abaixo. Após esse episódio, meu tio Domingos, que é perito em solda e trabalha com prata, soldou o equipamento e o deixou reforçado.

Em casa, minha irmã Ana Cecília, que na época tinha apenas cinco anos, sempre me ajudava a levantar da cama e me dava as muletas. Eu brincava com ela e fingia que estava me desequilibrando. Ela ficava assustada e me segurava. Também sempre me fazia companhia para passar o tempo. Quando me lembro dela pequena, acabo também pensando em como irão reagir meus filhos quando notarem que o pai não tem uma parte da perna. Deve ser difícil para uma criança entender isso. Mas, com certeza, é compreensível e elas se acostumarão.

Em minha perna amputada, as atenções eram voltadas para o coto, região que fica abaixo do joelho. Não saberia explicar o que é um coto, nem consegui achar uma definição na internet, mas creio que seja a região do membro próxima à amputação, a qual recebe o encaixe de uma prótese. Daí a necessidade de iniciar as sessões de fisioterapia, para que a colocação da prótese fosse tranquila.

Todos os dias, após as aulas, eu estava presente na fisioterapia. Lá, os profissionais cuidavam do inchaço do meu coto, de sua sensibilidade e do fortalecimento muscular da perna. Meu coto está localizado na região da panturrilha, também conhecida como batata da perna. Após o ataque e as intervenções cirúrgicas, essa região ficou, naturalmente, mais inchada. Por isso eu usava uma bandagem elástica diariamente, o dia todo, inclusive na hora de dormir, para pressionar essa região e ela desinchar com o tempo de forma mais rápida. A ideia era que ela ficasse menos inchada, de forma que o encaixe da primeira prótese não ficasse folgado depois de alguns dias. Caso esse encaixe não fique do tamanho adequado de sua perna, mais à frente você sofrerá com feridas, incômodos e, sem dúvida, não será confortável.

A outra preocupação, como falei, era com a sensibilidade da área. Nas sessões de fisioterapia era aplicado gelo na região do coto para estimular o tecido. Até hoje eu não tenho sensibilidade em algumas regiões do coto. É como se elas estivessem anestesiadas. Também existia a preocupação com a estrutura da perna que foi amputada. A musculatura dificilmente seria recuperada, porque, sem o pé, as atividades do cotidiano, como uma simples caminhada, por exemplo, já não estimulavam os músculos da coxa. Isso foi consequência da perda de massa muscular nessa região, que hoje só é exercitada com movimentos específicos que faço na academia de musculação. É muito difícil reaver a massa muscular perdida e mantê-la de uma forma natural. Certamente ela nunca estará com as mesmas medidas de minha perna direita. Com a utilização da prótese, tive que reaprender a andar. Cada passo era um progresso, uma segurança maior para me sustentar na perna artificial. Caminhando entre barras paralelas para me apoiar, passei a andar cada vez mais rápido e a dar passadas mais firmes, até que o apoio das barras não era mais necessário. No final, era como calçar um sapato.

Vencida essa etapa, os fisioterapeutas também chamaram a atenção para a minha postura. Isso porque eu tenderia a exigir mais da minha perna direita para compensar a perna da prótese, prejudicando a coluna e sobrecarregando o joelho direito. O correto é que eu me policie e consiga distribuir o peso nas duas pernas enquanto estiver de pé, especialmente quando parado.

Diariamente, na fisioterapia, exceto nos fins de semana, eu ficava em uma sala com um senhor muito bem-humorado, que se restabelecia de um derrame e precisava recuperar a expressão da face, incluindo aí o movimento da boca. Ficava ouvindo as histórias dele durante as sessões e isso ajudava a passar o tempo. Ele tinha um restaurante e sempre me convidava para provar seu cardápio. Infelizmente eu nunca fui, mas lembro que era um restaurante conhecido em Olinda, cidade próxima de Recife. A fisioterapia também era um exercício de paciência. Eu queria que aquilo acabasse logo, que eu tivesse um progresso rápido e não necessitasse mais de fisioterapia. Então, toda forma de passar o tempo era bem-vinda, incluindo os sempre bem-humorados contos do senhor de Olinda.

Além disso, não só as atividades da fisioterapia traziam gastos, mas também a alimentação e o transporte. Ele era feito de táxi da escola até a clínica de fisioterapia e da clínica até minha casa. Comecei a entender o funcionamento dessa minha nova estrutura física, imaginando quanto estava sendo gasto pelos meus pais para bancar tudo isso.

Recebi diversas visitas em casa. Amigos do colégio, companheiros do surfe, amigos da família. Um dia, duas pessoas, de forma voluntária, foram me visitar em casa para falar de sua experiência pessoal na utilização da prótese. Na ocasião eu ainda não havia encomendado o equipamento. Eu não sei como eles foram parar lá, nem se foi indicação de alguém. Achei muito legal a atitude deles, que tentaram me passar uma segurança maior em relação à prótese. Um deles usava uma prótese de perna inteira, cuja mecânica é bem diferente da minha. O outro utilizava uma prótese abaixo do joelho, que seria uma situação mais próxima daquela que eu estava vivendo. O segundo, curiosamente, era praticante de capoeira e demonstrou que eu teria uma vida normal, inclusive se eu quisesse praticar esportes, o que, de fato, é verdade.

Os policiais que participaram de minha remoção da praia até o Hospital da Restauração, naquele dia tumultuado do ataque, também marcaram presença em casa. Foram ver como eu estava e me desejar melhoras. Se não fosse a disposição deles e também do condutor do Gurgel BR 800, o desfecho de minha história poderia ter sido muito mais sofrido. Não posso reclamar. A solidariedade foi minha amiga nesse momento difícil e só tenho a agradecer às pessoas que me visitaram, tanto em casa quanto no hospital. Obrigado a todos pela força.

OS AMIGOS NA ESCOLA

Estudei por muito tempo com Carlos Frederico no Colégio Marista, da sexta série ao terceiro ano do ensino médio, e somos amigos até hoje. Quando estávamos no primeiro ano, em 1994, aconteceu uma coisa extremamente desagradável. Ficamos sabendo no colégio que Risada (como ele era conhecido na época) tinha sido vítima de um ataque de tubarão na Praia de Boa Viagem, local em que ele costumava surfar.

A princípio todos ficaram muito ansiosos por informações sobre o estado clínico, se tinha sido apenas um susto, esperando que nada grave tivesse acontecido. Infelizmente tinha sido um pouco mais grave. Algumas pessoas da sala de aula se organizaram e foram visitá-lo no hospital. Não tive coragem de ir, era muito jovem, não sabia o que falar nem como agir em uma situação tão delicada, mas torcia para que tudo estivesse bem.

Para muitos, a maior dúvida era o abalo emocional que o acidente poderia ter causado e como ele reagiria na volta ao colégio, pois um acidente daquela magnitude e com aquelas consequências não seria fácil para nenhuma pessoa normal, muito menos para um adolescente de 15 anos. Para nossa surpresa, ele lidou com o problema de maneira consciente e extremamente racional, não se deixou abalar em nenhum momento e, além disso, ainda estava sempre de alto-astral, como era de costume. Lembro bem, ele sentava ao meu lado na sala de aula.

Depois de um tempo, lá estava ele, jogando vôlei e basquete. Era o levantador titular do time de vôlei nas olimpíadas do colégio. Lembro até que ele falou que tentou surfar, mas não dava certo porque a prótese escorregava muito na prancha. Totalmente adaptado, muito mais do que muita gente, seguiu no colégio sem problemas e sem traumas. Concluímos o ensino médio em 1996. Risada se formou, fez pós-graduação e hoje está trabalhando e extremamente satisfeito.

Julião Lemos – amigo e ex-colega de turma no colégio

Imagine um garoto de 15 anos retornando à escola em que estudava depois de ter passado por tudo isso, seu drama sendo noticiado pelo Brasil e pelo mundo através da mídia, retomando seu cotidiano lentamente e tendo a escola como um dos primeiros passos para a "reinserção na sociedade". Esse foi um dos meus maiores desafios quando saí do hospital. Estudava, na época, no Colégio Marista de Recife. Eu posso dizer, com toda a certeza, que poucos eram os colégios que formavam tão bem os estudantes como aquele. Na realidade, enquanto os outros colégios eram orientados para o resultado dos vestibulares, o Colégio Marista estava focado na formação do cidadão. Nós, mesmo jovens, já discutíamos temas como política, violência, pobreza, entre outros, em nossas aulas de religião (na realidade, não discutíamos religião, mas sim cidadania). Essa formação mais humana que tínhamos no colégio influenciou e muito o modo como fui recebido. Justamente por causa desse diferencial, tive a felicidade de ser acolhido por amigos que estudavam na minha turma e fora dela de uma maneira muito tranquila e natural, como se nada tivesse acontecido. A diretoria da escola também os orientou quanto à minha chegada, para evitar que eu me sentisse mal com bombardeios de perguntas. E funcionou. Fui recebido de forma calorosa. O carinho dos colegas foi confortante, principalmente porque eles continuaram me tratando da mesma forma de sempre. Simplesmente estava de volta a casa.

Antes do acidente, minha sala de aula ficava no segundo andar, e, por conta de minha dificuldade de locomoção, ainda usando muletas, mudamos para uma sala no térreo, pois o colégio não tinha rampa de acesso para deficiente nem elevador. Acabamos sendo beneficiados, porque em nossa sala de aula anterior havia ventilador de teto e a nova sala tinha ar-condicionado, o que, no calor de Recife, fazia uma grande diferença.

Com a ajuda dos colegas fui voltando à rotina, que, honestamente, não seria uma rotina normal, pois toda aquela adaptação quebrava totalmente o que eu costumava fazer. Porém, por incrível que pareça, não me sentia abalado nem deprimido na minha nova condição. Contrariando o que muitos achavam de negativo que iria acontecer comigo, simplesmente fui levando, cheio de positividade, tudo aquilo que estava rolando, um dia após o outro. Aprendi a andar novamente, literalmente. Foi um processo físico e mental para adaptação, já que agora eu teria que imaginar que a prótese seria a extensão do meu corpo e que a distância entre ela e o chão seria memorizada com o tempo, no dia a dia. Claro que as sessões de fisioterapia também me ajudaram nesse processo de aprendizagem, mas nada melhor do que sair da teoria e ir para a prática.

Voltei a fazer algumas coisas que costumava fazer antes do acidente. Um exemplo foi a volta para um dos meus esportes favoritos: o vôlei. Joguei no time de minha turma, nas olimpíadas do colégio, quando já estava bem adaptado à prótese. Lembro que meu ex-treinador de vôlei no colégio, Stanley, acompanhava o jogo e gritava para me incentivar. O time adversário também não dava colher de chá pra gente, e tínhamos que jogar de igual pra igual. Também participei de um campeonato de vôlei de praia, organizado pelos alunos do colégio. Dupla de vôlei de praia, para ser mais exato. O resultado não foi positivo, pois torci meu joelho dentro da prótese ao fazer um movimento brusco na areia. Fiquei um tempo sentado até a dor passar. Mesmo assim segui em frente no jogo, com meu amigo João Carlos, com quem fazia dupla e que me deu grande apoio na época. João Carlos conta:

Quando a notícia chegou à turma, não lembro quem informou, mas ficamos em estado de choque. Alguns diziam que Fred tinha perdido toda a perna e, outros, que a infecção era tão grande que corria risco de vida. Recordo que algumas colegas da turma choraram muito e, então, nos organizamos para ir até o hospital fazer uma visita. Escrevemos muitas cartas e preparamos cartazes para levar. Só se falava no colégio como Fred estava e como vinha melhorando de saúde, até a sua saída do hospital e primeira visita ao colégio.

Tenho Fred como amigo até hoje, apesar da distância, e por muitas vezes rezei e chorei muito pelo seu sofrimento. Fazia questão de praticar esporte e fazer dupla com ele no vôlei de praia. Sempre admirei a maneira de como ele deu a volta por cima, sempre guerreiro. Durante muito tempo ficamos sentindo pena, mas ele sempre demonstrou que isso era a última coisa que queria que sentíssemos.

Seu acidente é contado até hoje como lição de vida, seja para minha filha, esposa ou amigos.

Uma situação curiosa provocada por mim aconteceu quando nós tivemos que desenvolver uma exposição para a feira de ciências que o colégio iria promover: eu dei a ideia para o meu grupo de falarmos sobre os tubarões. Óbvio. Falar dos tubarões e você ter uma vítima de ataque de tubarão dando informações sobre eles seria algo que causaria impacto, e era isso que eu queria. As pessoas que visitavam o nosso estande ficavam positivamente impressionadas pela ideia. Nós falávamos das espécies, das contribuições dos tubarões para a humanidade e, claro, sobre os ataques em Recife. Eu era a pessoa responsável por falar sobre os ataques, e isso deixou alguns de queixo caído por me verem muito tranquilo e sem nenhum problema, discorrendo sobre um tema que poderia me trazer lembranças desagradáveis. As lembranças do fato sempre me trouxeram sensações desagradáveis, mas eu nunca responsabilizei os tubarões por isso. Sempre estive em paz com eles antes e, especialmente, depois do ataque. Infelizmente o Colégio Marista de Recife não existe mais. Apesar da grande luta de alunos e funcionários para evitar o encerramento das atividades da instituição, o esforço foi em vão. No lugar do colégio foi construída uma grande loja de departamentos. O mais importante é que os ensinamentos e as amizades ficarão e que, de alguma forma, influenciarão nossas vidas para sempre.

Quando eu conheci o Fred, ele já tinha sofrido o acidente. Fiquei surpresa por ele ser tão bem resolvido quanto ao trauma que sofreu. Fred teve garra e força de vontade para superar as limitações que vieram, e hoje nos mostra que não existem limites para ele. Fred nunca teve raiva nem culpou os tubarões pelo que aconteceu, pois ele tem consciência de que, tanto quanto ele, o animal também é vítima. Eu admiro muito meu amigo.

Tatiane Mendonça Benevides-Strueber – amiga

O HOMEM BIÔNICO E A VIDA DE PNE

Preciso dar destaque ao momento em que adquiri a minha primeira prótese. Depois de algumas semanas, chegou a hora de encomendá-la. Foi um momento bastante esperado por mim, pois isso traria a independência das muletas. As próteses, especialmente após as duas guerras mundiais, tiveram sua tecnologia bastante desenvolvida. Pode-se dizer que o avanço tecnológico tem como maior objetivo o conforto do usuário e sua mobilidade. Por isso, hoje em dia os laboratórios que desenvolvem pesquisas sobre a temática buscam uma interação maior entre a prótese e o usuário, estudando aliar as terminações nervosas com o membro artificial. O objetivo é a busca de um homem biônico ou coisa do tipo, em uma tentativa de substituir melhor o membro perdido, além da utilização de materiais que aliem resistência e leveza, como carbono, alumínio, titânio, entre outros. Existem próteses para pé, pernas, dedos, mãos, braços etc. No caso dos membros inferiores, a prótese poderá fazer uma grande diferença se a amputação for abaixo ou acima do joelho. No meu caso, a amputação foi abaixo do joelho. Isso quer dizer que eu tenho essa articulação, o que me dá maior conforto e mobilidade. Para as pessoas com amputação acima do joelho, além de haver uma mobilidade menor comparada àquelas que têm a amputação abaixo do joelho, as próteses têm preço mais elevado, justamente por utilizar mais material e, principalmente, por conta da articulação artificial. Os valores dependem do material utilizado, da tecnologia que envolve e da marca do produto. A marca é um fator determinante no custo, pois a maioria dos produtos é importada, acarretando um custo muito alto para a confecção.

O aprendizado em relação às tecnologias utilizadas para a fabricação de uma prótese e às marcas que estão disponíveis no mercado só acontece quando você começa a fazer parte desse universo, buscando melhoria de *performance* e de preço. Porém, como novato, não sabia o que esperar. Contatamos uma empresa localizada na parte antiga de Recife, mas não me recordo da razão da escolha dessa empresa, se foi recomendação ou uma questão de custo-benefício. O local tinha característica de uma oficina, até porque a fabricação de uma prótese é, em sua essência, um processo praticamente artesanal. Apesar de as peças que compõem uma prótese serem caríssimas e de alta tecnologia, para tirar o molde do encaixe de uma prótese o técnico utiliza gesso aplicado ao coto do indivíduo, a fim de moldar a primeira amostra do encaixe, que, dependendo de onde esteja gerando desconforto, poderá ser feito algum ajuste e testes até se obter o molde de encaixe definitivo.

Tenho que ser honesto e dizer que a minha primeira prótese foi uma experiência terrível em alguns aspectos. Do ponto de vista técnico, digamos que a fabricação da prótese utilizava conhecimentos "ancestrais", se comparados com a tecnologia da época. O material de revestimento era de fibra, o que me deixava literalmente com uma perna de pau. Além disso, imagine que sua perna estará dentro daquela coisa que parece ser a perna de um boneco. Naturalmente que existia um atrito entre a perna e o encaixe. A única coisa que separava esse atrito de minha perna com a prótese era apenas uma meia de tecido muito fino. O resultado, depois de algumas caminhadas, foi o aparecimento de feridas. Meu coto ficou em carne viva em algumas partes e eu tinha que dormir com a perna cheia de curativos para aguentar o dia seguinte. Eu achava que aquele seria um processo normal de adaptação até que a região ficasse calejada a ponto de não sentir mais dor. Pensei ser a mesma situação de alguém que está aprendendo a tocar violão. Os dedos doem nos primeiros acordes por não estarem devidamente calejados.

Já comentei que o ser humano tem uma incrível capacidade de se adaptar às circunstâncias, e, por isso, fui em busca de informações sobre próteses. Descobri que existia uma meia de gel utilizada para propiciar mais conforto no encaixe da prótese. Encontrei dois fabricantes, um americano (não lembro a marca) e outro alemão (*Ottobock*). O fabricante de minha prótese não tinha nenhuma informação sobre a meia de gel, aliás, nem sabia que existia esse produto. Contávamos com a colaboração de amigos que tinham conhecidos no exterior para o envio da meia. Foi um alívio quando vesti a primeira meia de gel. Não acreditei que tinha achado algo que me daria conforto e minha perna não ficaria mais ferida. Por outro lado, a meia de gel tinha uma desvantagem: a durabilidade. O gel facilmente se soltava da meia, rasgava e, com a logística nada fácil que tínhamos para consegui-la, acabava sendo um processo cansativo acionar as pessoas no exterior para o envio. Nossa vizinha, dona Judith, nos ajudou bastante, pois ela passava parte do ano nos Estados Unidos e nos dava suporte para o envio das meias americanas.

Após algum tempo, tive acesso a outros fornecedores e, então, comecei a ver meu mundo em cores novamente, pois descobri que existiam outras opções de próteses bem mais avançadas e confortáveis. E mais: descobri que existiam diversas pessoas ao redor do mundo que praticam até esportes com elas. Que alívio!

Por outro lado, do ponto de vista psicológico, eu tinha agora que encarar todos os dias a tarefa de colocar e tirar a prótese. Para tomar banho e dormir é necessário removê-la, até porque a perna fica sufocada e sem ar. Mas o que sempre me incomodou foi o fato de perceber que as pessoas olhavam para a minha perna, muitas vezes indiscretamente, fazendo comentários e apontando em minha direção. Eu sempre procurei esconder esse fato para poder passar despercebido.

Já deixei de participar de vários eventos, como churrasco com o pessoal da faculdade, por exemplo, por ter de usar bermuda e minha perna ficar à mostra. Só consigo ficar à vontade com a família ou com amigos mais próximos, porém só com a família consigo ficar sem a prótese. Para mim, ficar sem a prótese na frente de pessoas estranhas é como estar nu. Por isso, quando vou comprar roupas novas, sempre procuro bermudas longas, que cubram pelo menos o joelho. Uma verdadeira paranoia.

Com toda essa situação, brigo comigo mesmo, pois penso que perco muito mais ao me autocensurar do que se eu deixasse isso que me incomoda de lado. Certa vez, um amigo falou que seria interessante se eu falasse abertamente sobre o meu acidente com as pessoas. Ele achava que aquele tipo de situação era incomum e que ajudaria até em minha autoestima, e passei a utilizar esse "diferencial" sempre que queria causar algum impacto na minha apresentação ou quando queria dar lição de moral nos outros. Contudo, especialmente por conta da internet, fui conhecendo outras pessoas ao redor do mundo que também utilizavam prótese e que nem por isso sentiam vergonha de expô-la. Na realidade, as próteses transformaram a condição de deficiente dessas pessoas. Ao assistir a um programa na TV certo dia, acompanhei uma entrevista com um modelo que utilizava uma prótese de perna inteira. Além de modelo, esse cara ainda fazia esportes radicais. Aquilo me chamou muito a atenção e me deixou pensativo. Qual a razão de perder meu tempo me preocupando com o que os outros vão pensar? Na internet encontrei duas comunidades superinteressantes que me fizeram repensar minha posição defensiva em não querer me "expor". Uma delas é a *Amputee Coalition of America*, que no Facebook expõe depoimentos de diversas pessoas do mundo inteiro que usam prótese, sobre alguma experiência ou dúvida que elas têm. São pessoas que abraçaram a nova condição e levam uma vida feliz e cheia de atividades. Elas superaram situações difíceis na vida e divulgam como venceram os obstáculos da mobilidade. O que mais se vê nessa comunidade são brincadeiras com a própria condição de deficiente físico, como, por exemplo, colocar uma frase do tipo: "Eu não sou um completo idiota... algumas partes estão faltando". A outra comunidade é a *Adaptive Action Sports*, que reúne pessoas com deficiência que praticam esportes radicais, como surfe, *snowboard* e skate. Os vídeos que eles publicam na internet são incríveis. Procure na internet por Aaron Wheelz, um rapaz que anda de cadeira de rodas em pista de skate. É impressionante, ou melhor, motivador. De alguns anos para cá já passei por algumas situações em que não fiquei embaraçado de aparecer em público só de bermuda, nem mesmo de tirar a prótese para tomar banho de cachoeira na frente de um monte de gente que eu nunca tinha visto. O ápice dessa nova postura foi a decisão de saltar de um mirante ao lado de uma cachoeira em Bonito (MS). Seria um salto de mais ou menos quatro metros para dentro da água. Tirei a prótese e a entreguei para a minha esposa, e todas as pessoas do grupo que estavam com a gente na excursão ficaram olhando espantados. Alguns segundos depois eu pulei, sem problemas. Um homem que estava no mesmo grupo tentou saltar depois de mim, mas não teve coragem. Isso é, sem dúvida, um grande avanço. Um avanço que me fez muito bem, mas que não seria possível se eu não conhecesse os casos dessas pessoas que vi na internet.

Apesar de estar feliz do jeito que sou, todo ser humano fica deprimido quando tem que tirar dinheiro do bolso e, no meu caso, seria para pagar os custos de fabricação de uma prótese. A última prótese que comprei, que utilizava um material mediano, custou mais ou menos 5 mil dólares. Não é fácil, mesmo para uma pessoa de classe média, bancar algo do tipo sem ajuda do governo. Dá para imaginar a dificuldade que as vítimas têm que enfrentar, principalmente as que têm uma condição de vida muito mais simples do que a minha e lesões muito mais graves. Como se não bastasse o desafio de viver com um mísero salário, agora elas teriam mais essa despesa para encarar pelo resto da vida com esse tipo de equipamento. É possível obter uma prótese pelo governo, mas a burocracia é muito grande e a qualidade técnica do produto final é questionável. Quando fui ao Canadá, em 2012, visitei o The Ottawa Hospital e fui recebido por quem me pareceu ser o responsável pelo setor, David Nielen. Ele me explicou que no Canadá o governo banca até 75% de uma prótese nova, respeitando o limite de 7.500 dólares canadenses, independente de qual seja o modelo. Além disso, se você quiser uma prótese de 9.000 dólares, isso não é problema. O governo paga até o limite estabelecido por lei e você complementa. Ele informou ainda que o plano de saúde da pessoa também pode pagar parte desses custos que o governo não cobre. Em resumo, se um canadense quiser uma prótese de corrida, de fibra de carbono, que custa 10 mil dólares, o governo não questionará sobre o preço nem sobre o modelo. Seria um sonho se tivéssemos isso no Brasil.

Assim como um sapato ou um chinelo, a prótese desgasta por dentro e por fora, inviabilizando seu uso, o que, logicamente, me faz desembolsar esse valor a cada dois anos, que é mais ou menos o tempo de desgaste dela. Dependendo das atividades, a duração da prótese poderá ser prolongada ou reduzida. Apesar disso, não deixei de dançar forró e praticar atividades esportivas. Eu sempre dava um jeitinho. Certa vez minha prótese se encheu de água, pois tomei banho de piscina com ela. Fiz um furo na lateral dela com uma chave de fenda, retirei a água e coloquei uma massa para tampar. Situações curiosas já aconteceram e acontecem comigo por conta da prótese. Por exemplo, por ter partes de metal, sempre que passo nos detectores de bancos e aeroportos eu sou barrado, tendo que explicar as razões e, muitas vezes, ser revistado. No caso dos aeroportos, sempre me pedem para levantar a calça para verem a prótese, o que muitas vezes me deixa irritado. Após os ataques de 11 de setembro, eles passaram a me levar para um local reservado, com o adesivo da polícia federal na frente, e me revistavam, porém não era necessário tirar a prótese. Já falei para os próprios policiais que a revista não é bem-feita porque, se houvesse uma bomba dentro da prótese, eu passaria tranquilamente pela fiscalização. É pura perda de tempo. Em outra situação, ainda quando estudante, eu voltava da escola e tive que correr para pegar meu ônibus e voltar para casa quando, de repente, o pé de minha prótese deu um giro de 180°, fazendo com que eu tivesse que pular em uma perna só até chegar à porta do ônibus. Em um show de rock em Recife, estávamos curtindo o som correndo em um círculo grande quando um rapaz pisou no pé da prótese e, como eu estava correndo na roda com a galera, ela se desprendeu. Foi uma cena engraçada, pois o camarada gritou "ai, meu Deus, a perna do cara saiu", assustado. Depois coloquei a perna de volta e continuei o que estava fazendo. Há certas coisas que temos que encarar com bom humor. Em uma tentativa de surfar com prótese, entrei no mar de Maracaípe, praia do litoral pernambucano, na época do OP Pro Noronha, campeonato de surfe que estava acontecendo em 1995. Quando tentei entrar na onda, ela me arremessou e minha prótese ficou. Foi um desespero gigante, pois pensei que tivesse perdido a prótese, que tivesse afundado no mar. Felizmente outro surfista viu minha perna boiando e a entregou para mim. Foi um alívio.

Demorou para cair a ficha de que eu, depois do ataque, me tornei um deficiente físico. Deficientes físicos seriam todas aquelas pessoas que não possuem a anatomia de uma pessoa considerada dentro dos padrões convencionais, digamos assim. Quando você nasce com alguma anormalidade física, você não se acostuma a ela, você é ela. O que eu quero dizer é que cada um de nós nasce com uma anatomia própria: uns mais altos, outros mais gordos, uns com a cabeça quadrada e por aí vai. Por conta da moda, das novelas, do cinema e da necessidade de se estabelecer um padrão global, foram definidos modelos de beleza física que fazem com que muitas pessoas hoje recorram a cirurgias plásticas, remédios para emagrecer, produtos para esticar os cabelos ou mudar a cor da pele. Tudo isso para serem aceitas aos olhos dos outros, só que esquecem que elas têm que respeitar primeiramente a si mesmas. No entanto, quando você nasce e se acostuma com seu corpo do jeito que ele é, a situação é diferente de quando ele sofre alguma modificação posterior, ou seja, para as coisas que você se acostumou a fazer por toda a sua vida de um jeito, agora você terá que procurar uma alternativa para fazê-las de forma diferente. Imagino que, quanto mais tarde a pessoa perde um membro, pior é a adaptação, por causa do costume que ela já desenvolveu, ao contrário de pessoas mais novas, que se adaptam rapidamente, como foi meu caso.

Quando tem uma alteração na anatomia devido a um acidente, por exemplo, e perde uma parte da perna, ou já nasce com alguma limitação física, a pessoa passa a ser classificada para alguns fins como deficiente físico, ou, para alguns que preferem dar uma denominação politicamente correta, Pessoa com Necessidade Especial, o chamado PNE. O que muda na vida de alguém quando se é um PNE? Bem, digamos que, como muitas das coisas na nossa sociedade foram criadas para pessoas normais, nós, os PNEs, ficamos de fora de muitas delas, ou, pelo menos, temos que nos adaptar para poder usufruir delas. Isso é ruim? Eu não diria que é ruim, mas uma questão de querer ou não superar os obstáculos. Por exemplo: seria possível voltar a surfar?

Claro que sim, se eu quisesse muito isso. Existem diversos exemplos de pessoas que se tornaram grandes esportistas, como já falei, depois que sofreram acidentes. Na realidade, esses desafios mais específicos, como é o caso de um surfe adaptado, ou uma escalada adaptada, são situações diferentes das do dia a dia. Locomover-se nas calçadas do Brasil não é fácil nem para pedestres considerados normais, imagine para pessoas de muletas ou cadeira de rodas. É um martírio. Não, eu não sou um bom exemplo. Eu sou preguiçoso mesmo. Tentei voltar a surfar, mas deixei pra lá, pois a distância era tão grande que eu sabia que a coisa não ia render. Já tentei iniciar uma vida de atleta de competição de natação para deficientes. Tive um apoio muito legal do pessoal que nadava no Colégio Santos Dumont, em Recife. Apesar das condições precárias e da sujeira da piscina (era tão suja que tinha um pote de margarina no fundo que eu usava como referência para saber que estava chegando à borda), o pessoal treinava forte. E não era para menos. Nosso treinador era barra-pesada, exigia muito, mas sabíamos que ele queria vencedores ali, claro, e ninguém reclamava. Não só vencedores no esporte, mas no moral, no cotidiano, na vida. Eu nadei com pessoas que se locomoviam em cadeira de rodas, de muletas, mas não ganhavam a vida com aquilo. Era um pessoal, pode-se dizer, de vida humilde. Mas acordar todos os dias muito cedo já não estava dando mais para mim, apesar de ter recebido a ligação de um possível apoio de uma empresa nacional de produtos esportivos para natação. Essa ligação veio semanas depois de eu desistir desse projeto, e fiquei com uma sensação terrível de oportunidade perdida. Tenho que admitir que sou do tipo que começa as coisas, mas não termina. Felizmente, este livro não foi uma delas. Desta vez eu não desisti no meio do caminho.

Não sei em outros países, mas, no Brasil, ser PNE tem suas vantagens. Não são muitas, mas são significativas. Alguns exemplos são as isenções dadas para a compra de um carro novo. Você tem isenção de alguns impostos federais e estaduais, que fazem seu carro novo sair entre 15% e 20% mais em conta. Esse incentivo, na realidade, é uma oportunidade que o governo dá para que as pessoas com dificuldade de locomoção tenham acesso a um meio de se deslocar próprio e não dependam tanto do transporte público, que não está preparado para transportar cadeirantes. É fato que, mesmo assim, esses carros não são baratos, pois os produtos que possuem tecnologia de ponta em sua produção são, em sua grande maioria, muito caros. No meu caso, por exemplo, sou autorizado pelo Departamento de Trânsito a dirigir veículos com câmbio automático, item de luxo em carros no Brasil, apesar de ser muito comum em outros países. Dessa forma, por não ser tão comum no Brasil, não tenho tantas opções de escolha de carros com câmbio automático de fábrica. Porém, parece que o brasileiro está pegando gosto por carro automático e as opções começam a se expandir.

Recordo que, quando tirei a carteira de motorista, não sabia que existia um tratamento diferenciado para PNEs. Fiz autoescola em carro normal e fui para o Departamento de Trânsito (Detran) fazer todos os testes obrigatórios, não tendo problema algum para realizar o exame de direção. Porém ainda havia três fases: prova teórica, exame de aptidão física e teste psicotécnico, não necessariamente nessa ordem. O exame físico era popularmente conhecido como exame de vista, pois os médicos testavam apenas a visão do candidato a motorista e a necessidade de utilizar lentes corretivas. Como eles não faziam testes físicos efetivamente, acabei passando sem problemas por essa fase e eles nem notaram que eu usava prótese. A minha deficiência só foi descoberta durante o teste psicotécnico, quando a técnica responsável pela aplicação do exame perguntou se eu já tinha sofrido algum acidente. Sinalizei positivamente, dando detalhes sobre a minha deficiência. Mesmo assim, recebi minha carteira de motorista sem restrição, apenas com a obrigatoriedade de uso de lentes corretivas. No entanto, anos depois, quando fui renovar a habilitação, um médico contestou a não restrição de minha carteira de motorista para apenas dirigir carro com câmbio automático. Ele alegava que eu não poderia dirigir carros normais, porque eu não teria a sensibilidade na perna da prótese e, assim, não sentiria a embreagem. Isso gerou um certo descontentamento do médico, que foi logo evidenciar o caso aos colegas, dizendo que era um absurdo eu ter passado no teste sem que fosse verificada pela equipe médica a minha deficiência. Eu já estava dirigindo havia alguns anos e tinha acabado de comprar meu carro novo, um Fiat Uno, com câmbio normal, quando esse médico falou: "Você só poderá dirigir carro automático". Na mesma hora eu fui contra, pois não queria naquele momento instalar uma adaptação no meu carro, ou comprar outro já com câmbio automático. Como eu não tinha condições de adquirir um carro automático, fiz uma avaliação com outro médico para demonstrar a ele que eu era capaz de dirigir normalmente com a prótese. Ele aprovou, não havendo restrição alguma na minha habilitação em relação ao uso de carro com câmbio normal, apenas o uso de lentes corretivas. Mais adiante, quando deu uma folga na grana, fiz as alterações no Detran para usufruir das isenções do Imposto sobre a Propriedade de Veículos Automotores (IPVA).

Outra oportunidade que temos, ao sermos classificados como PNEs, são as vagas reservadas em concursos públicos. Dependendo do concurso, já vi oferecerem até 20% das vagas para PNE. Conseguir uma vaga no serviço público é o sonho de muita gente, por motivos diversos, apesar de alguns terem a ilusão de que vão ganhar muito trabalhando pouco. Qualquer dedo torto já é motivo para as pessoas checarem a possibilidade de prestar o concurso como PNE. Na realidade, alguns que concorrem às vagas regulares ficam revoltados com os privilégios que os PNEs têm em concursos públicos. Minha opinião é que, em muitos casos, o PNE possui uma deficiência que o impossibilita de concorrer a uma vaga normal em uma empresa privada de igual para igual com as pessoas "normais". Uma pessoa de cadeira de rodas certamente será julgada diferente de uma pessoa "normal" para uma vaga em uma empresa privada, reduzindo, assim, suas chances. Além do quê, as pessoas com deficiência, em sua maioria, têm despesas para o resto da vida por conta de estarem em uma cadeira de rodas ou por terem uma prótese, e, por experiência própria, garanto que as despesas não são poucas. Existe uma lei brasileira que obriga as empresas privadas a terem certo número de PNEs, de acordo com o total de funcionários. As vagas mais comuns são as de telemarketing, pois presume-se que todo PNE é cadeirante e a vaga seria "ideal" para ele. Um grande preconceito.

Eu usufruí da oportunidade de concorrer às vagas específicas para concursos públicos e consegui um emprego que me fez mudar de Recife para Brasília, em 2009, para trabalhar na Agência Brasileira de Promoção de Exportações e Investimentos (Apex-Brasil). Fui o único PNE a passar em todo o processo seletivo. Porém, descobri casualmente que eu também tinha passado em outro concurso público em Recife, para trabalhar na Copergás[21], empresa que gere a distribuição de gás no estado de Pernambuco, mas, como eu era o terceiro colocado, nem dei atenção, pois, apesar de o primeiro colocado não ter comparecido ao exame obrigatório de admissão, o que atesta a deficiência do candidato, o segundo colocado esteve presente, então, decidi não ir ao exame médico. O resultado é que o segundo colocado não foi considerado PNE, ficando a vaga para mim, mas, como eu não tinha

---

21 A tabela mostra o resultado final da seleção da Copergás. Fonte: <http://www.copergas.com.br/wp-content/uploads/2010/03/Concurso.pdf>

comparecido ao exame, acabei perdendo a vaga. Se você, que está lendo este livro, é PNE, lembre-se: nunca faça isso. Vá até o fim, pois, apesar de se declararem PNEs, as pessoas só serão aprovadas como tal quando passarem pelo crivo dos médicos.

Nome	Inscrição	Classificação	Nota	P.N.E.	Situação
ANALISTA JR.					
Aprovados - Ocupam Vagas					
ROBERTO JOSE DA SILVA	800.692	116º	60.000	VISUAL	não considerado deficiente (volta à classificação geral)
FRANCISCO ANTONIO SILVA NUNES	801.890	117º	60.000		
LUIZ FERNANDO FERREIRA RIBAS JUNIOR	800.823	118º	60.000		
FRANCISCO FERREIRA COSTA NETO	803.819	119º	58.000		
ADRIANO AUGUSTO DE MATOS TRIGO NETO	803.199	120º	58.000		
IZABEL CRISTINA DE SOUZA	801.753	121º	58.000		
JACKSON LUIZ DE SOUZA QUIRINO	801.785	122º	58.000		
GIOVANA ALVES BRETAS	800.340	123º	58.000		
DEBORAH ROCHA BARBOSA MONTEIRO ATROCH	804.595	124º	58.000		
CARLOS FREDERICO GOMES MARTINS	800.930	125º	58.000	MOTORA	não compareceu à perícia (volta à classificação geral)

Veja outras pequenas vantagens que facilitam o dia a dia corrido e tumultuado: prioridade no atendimento nas filas de banco, vaga especial para o carro, não pagar para andar de ônibus, entre outras que não me vêm à cabeça agora. Como se diz no marketing, onde existem ameaças, sempre existem também oportunidades. Mas a pergunta é: eu trocaria todas essas vantagens para ter minha perna completa de volta? Sem dúvida. Por uma questão estética? Não. Só para poder ter a oportunidade de fazer coisas que não precisassem de adaptação, como jogar futebol com os amigos e, obviamente, pegar onda.

Não digo que é por uma questão estética porque eu nunca tive problema com isso, a não ser por minha autocensura de querer me passar por uma pessoa sem deficiência, como já falei, mas nunca por pensar que fiquei imprestável fisicamente. As garotas, que são uma referência para saber se estamos bem ou não, eram curiosas. Aos 15 anos você está começando a ter uma relação diferente com elas. Eu, claro, como homem, quero chamar a atenção. Quero me diferenciar perante a concorrência. E é engraçado porque meu acidente se tornou o grande diferencial, ajudando-me muitas vezes nessas horas. Não lembro em nenhum momento de ter sido rejeitado por uma garota em toda a minha vida por utilizar uma prótese. Porém, tenho que ser sincero e dizer que, quando elas viam que eu usava uma meia-calça para que a cor de minha perna artificial ficasse mais natural, eu dizia "isso é uma prótese, pois perdi meu pé em um ataque de tubarão". Nossa, isso era tiro certeiro. Pelo fato de os ataques terem sido tão expostos na mídia, você virava praticamente um astro de TV. Não sei como elas reagiriam se eu dissesse que tinha sido, por exemplo, um acidente de moto, um caso comum para amputação de pernas. Mas tubarão? "Ah, para com isso, você tá brincando, né?". E aí, já sabe, começavam as perguntas de sempre. Mas era bem legal e eu sentia que tinha uma carta na manga nessas horas.

Também tenho curiosidade sobre pessoas que utilizam prótese ou sofreram um acidente com consequências semelhantes às minhas. A curiosidade se limita a saber como elas lidam com a situação, não em relação ao que gerou aquilo. Coloco-me sempre à disposição também para conversar com pessoas que sofreram algum acidente e que terão que usar uma prótese. Acho que eu me vejo na obrigação de dar essa ajuda, até porque eu também fui ajudado por pessoas que foram à minha casa explicar tudo aquilo que eu queria saber. É uma obrigação saudável, um dever de minha parte que me traz satisfação. Dia desses fui conversar com um amigo de um amigo, que tinha acabado de perder parte da perna em um acidente de moto, para demonstrar que ele poderia ter uma vida normal se quisesse. Falei que, se a mente dele estivesse bem, o corpo também estaria.

Eu poderia citar vários outros exemplos e histórias que aconteceram comigo por conta dessa prótese e, com certeza, há muito chão pela frente para outras acontecerem. Apesar de tudo, pelo menos tenho histórias curiosas para contar.

Links para visitação:

Rede Saci: solidariedade, apoio, comunicação e informação
www.saci.org.br/

Deficiente Online – site de empregos para deficiente
www.deficienteonline.com.br

Ottobock – material para próteses
http://www.ottobock.com.br/

EU E A MÍDIA

Em 2001, eu havia voltado à redação da revista Trip *depois de quatro anos dirigindo o jornal* Notícias Populares, *do Grupo Folha. Minha nova missão, como repórter especial da revista, era entregar uma reportagem das boas, texto e fotos a cada edição, e os tubarões de Recife me pareciam uma boa pauta. Os jornais de São Paulo divulgavam o assunto com alguma regularidade, mas comprando a versão oficial e algo factual demais: "Mais uma vítima de ataque de tubarão no Recife, blá, blá, blá..." Minha ideia era buscar os sobreviventes desses ataques, os moleques que saíram na mão com o tubarão, que viram bem de perto o animal, que ficaram a centímetros daquele olho branco, que provaram o mau hálito dele. Um dos absurdos que registrei foi a sinalização "poética" da orla. Algo do tipo "não vá além dos arrecifes", que para um turista queimando sob um sol de 40 graus não significava muito. E o cidadão desavisado saía dando as últimas braçadas para o além. Os números oficiais eram maquiados para não afastar o turista, não para preservar a vida dele. Mas o que fez da minha reportagem algo especial foram os depoimentos dos meninos que escaparam das mandíbulas ferozes, histórias incríveis de agonia e de instinto pela sobrevivência que transportaram o leitor da revista* Trip *a um filme de terror.*

Fernando Costa Netto, jornalista e fotógrafo

A mídia, como todos sabem, funciona em função da audiência. Dependendo da empresa que esteja por trás, inclusive, não se tem pudor ou respeito com a sociedade ou com princípios éticos. Afinal, audiência significa maior interesse dos anunciantes e, obviamente, mais dinheiro no caixa. Existe o jornalismo sério, é claro, mas ultimamente a competição entre os meios de comunicação é tão grande que a seriedade não gera recursos. No fim do milênio passado, vimos o número de jornais e programas de TV que foram criados, basicamente em torno da temática da morte, seja ela gerada por violência ou por tragédia. Sangue. Isso, sim, dá audiência. Qual a razão? Não sei. Seríamos vampiros enrustidos? É fato também que a pergunta não seria "por que a imprensa publica ou produz tanta coisa ligada à desgraça alheia?", e, sim, "por que as pessoas gostam tanto da desgraça alheia?". Claro, se as pessoas não dessem bola para isso, a mídia também não se preocuparia com esse tipo de divulgação. É fato também que, quando um acontecimento como os ataques de tubarão de Recife surge, é um prato cheio para os meios de comunicação aumentarem sua audiência. Tornar aquele fato um espetáculo e ganhar dinheiro com isso é fácil demais e não se pode deixar passar uma oportunidade de ouro como essa.

O comentário que faço aqui é uma visão pessoal, claro, e não tem base científica nem é patrocinado por alguém, mas, nos tempos em que participei de entrevistas, poucos foram aqueles que quiseram tratar do assunto dos ataques de tubarão com abordagem mais investigativa. Quando menciono uma abordagem mais investigativa, falo da verificação com os responsáveis por tal situação, pesquisa sobre como estava sendo dado o suporte àqueles que tiveram sua capacidade laboral pós-ataque afetada de alguma forma ou até mesmo perderam a vida. Algo que viesse a chamar a atenção da sociedade para um problema ambiental, devido ao estrago feito em nossa costa e, também, social, evidenciando a situação das pessoas que foram atacadas e como elas encaram a vida agora, depois de tudo que passaram.

As minhas interações com a imprensa ocorreram em momentos diferentes. Quando aconteceu o acidente, nos meus 15 anos de idade, as perguntas que me faziam eram clássicas: "Você viu o tubarão?". "Qual era o tamanho do bicho?". "Doeu a mordida?". Foram várias as entrevistas para as quais tive que responder sempre às mesmas perguntas. As emissoras e jornais para os quais dei entrevista foram os mais diversos, desde empresas locais, nacionais e até internacionais, como foi o caso da rede de TV americana CNN. Passado o meu caso, os ataques não pararam e, vez ou outra, aparecia na TV e nos jornais impressos a notícia de mais uma vítima. Quando isso acontecia, era questão de horas para me ligarem a fim de marcar uma entrevista para eu contar a minha experiência e, mais uma vez, responder às mesmas perguntas: "Você viu o tubarão?".

Depois de certo tempo, fui contatado pela produção de um programa de auditório bem conhecido da TV no Brasil, não pela qualidade de suas atividades e matérias, muito pelo contrário, pela promoção de baixaria mesmo. Nessa época eu já estava com os meus vinte e poucos anos, em meu primeiro emprego de verdade logo após concluir a pós-graduação. Achei demais tal convite e me senti até ofendido. Falei para a produtora que eu não iria participar de um programa que promovia a baixaria na TV e que eu não gostaria de estar vinculado a isso. A tal produtora ficou irritada com meu comentário e disse que o referido programa de auditório estava mudando de perfil, com reportagens sérias etc., o que era uma mentira descarada. Bem, a verdade é que nada de novo seria contado, e eu não ganharia nada com isso (e não falo aqui de questões financeiras, mas de ter a oportunidade de falar sobre o tema sob outra perspectiva). A partir daí, recusei vários outros convites para entrevistas, com exceção daquelas com abordagens sérias.

Aqui eu comento algumas dessas matérias publicadas em revistas e jornais das quais participei; de algumas delas eu não registrei a edição e ano de publicação, portanto não as apresento em ordem cronológica. Aproveito para abrir um parêntese aqui e registrar uma situação que ocorreu ao entrar em contato com as editoras às quais solicitei o uso da imagem das matérias. Achei que não daria problema a cessão desse material sem ônus, até porque eu sou parte dele. Porém, uma determinada revista, bem popular no Brasil, cobrou pela utilização do material, ou seja, da minha própria fotografia. A situação é até engraçada. Você dá a entrevista de graça, com a maior boa vontade, eles tiram sua foto, publicam, ganham dinheiro com os anunciantes e depois cobram direitos autorais para você usar a sua própria imagem. É como se eu pagasse para trabalhar.

REVISTA VEJA, EDIÇÃO 1597 – 12 DE MAIO DE 1999

Assim como em todas as matérias, um jornalista entrou em contato comigo para fazer uma entrevista para a revista *Veja*, de grande circulação nacional, e também tirar uma fotografia para acompanhar a matéria. Não lembro se a entrevista foi feita por telefone ou pessoalmente, mas tive que sair de casa para ir até a praia tirar uma foto, atendendo à solicitação da revista. A matéria, depois de publicada, deu uma pincelada em alguns casos de ataques, estampando fotos de algumas vítimas e procurando desenhar um retrato falado dos tubarões em geral e dos ataques em Recife. No centro da matéria, que tinha duas páginas, eles utilizaram o tubarão que ilustra o pôster do filme *Tubarão*. Eu apareço na nona foto, da esquerda para a direita, com a Praia de Boa Viagem ao fundo como cenário. Era, em minha opinião, uma matéria que buscava apenas relatar fatos, sem muito aprofundamento, aproveitando o calor do tema na mídia para gerar algum conteúdo. Creio que a intenção de quem escreveu era apenas dar uma ideia do que estava acontecendo no local, sem muito questionamento ou investigação.

106

ENTREVISTA PARA O CANAL AMERICANO CNN

A CNN ligou para a minha casa agendando uma entrevista. Creio que, das entrevistas que dei, essa foi a emissora para a qual eu fiquei realmente empolgado em falar, por ser da imprensa internacional e uma referência em notícias. A equipe fez a entrevista em minha casa e as perguntas foram as de sempre, nada muito diferente. Falamos basicamente de como foi meu ataque, todo o desespero durante o salvamento, o que passei no hospital etc. Interessante também foi saber da curiosidade da mídia internacional sobre o que estava ocorrendo em Recife naquele momento. No fim da entrevista, eu pedi para a jornalista me dar de presente a caneta com o logo da TV CNN que ela usava. Só para ficar de lembrança. Ela me falou que me enviaria uma nova posteriormente, mas eu quis aquela, na mão dela. Vai que ela some e se esquece de mim, não é verdade? Então ela atendeu ao meu pedido.

REVISTA CAPRICHO – 19 DE DEZEMBRO DE 1999

A revista *Capricho* tem como foco o público adolescente, com temáticas as mais diversas, com ídolos *teens*, receita para o que fazer quando se está namorando etc. Fazendo uma rápida retrospectiva em minhas lembranças, posso afirmar que essa foi uma das poucas matérias que não tiveram como pano de fundo os ataques de tubarão, mas sim a superação de pessoas nas mais diversas situações, incluindo a minha. Tinha, por exemplo, o depoimento de um garoto que era gordinho e que, depois de perder peso, virou modelo. A minha fotografia que ilustrava essa matéria tinha uma situação interessante. Eu coloco minha perna direita por cima da prótese, em uma tentativa inútil de escondê-la. Lembra-se daquela minha vergonha de mostrar a perna, que comentei páginas atrás? Pois é. É óbvio que minha perna sai na fotografia, ou então o fotógrafo iria tirar a fotografia novamente. Afinal, ele estava ali pra isso. Naquela época eu ainda tentava surfar de *bodyboard*, mas depois acabei desistindo, por razões que já comentei. Eu falo, na matéria, de meu desejo de ter uma prótese mais moderna e poder voltar a surfar com prancha regular. Contudo, quando você vai crescendo e assumindo outras responsabilidades, acaba dando prioridade a outras coisas e busca, por puro comodismo, aquilo que é mais conveniente. Ao fundo da fotografia que ilustrava a matéria, a placa com frases que nada alertavam sobre a presença de tubarões na área, apesar de estarem ali com esse propósito.

REVISTA TRIP #90 – JUNHO DE 2001

A matéria da revista *Trip* de 2001[22], que tinha a modelo Daniella Cicarelli na capa, foi uma das mais completas que vi no meio impresso. Foram sete páginas falando sobre os ataques

---

22 <http://books.google.cl/books?id=lC0EAAAAMBAJ&printsec=frontco ver&hl=pt-BR#v=onepage&q&f=false>

de tubarão no estado de Pernambuco e suas consequências. Teve de tudo: de fotos mostrando gente morta e mordida por tubarão, até depoimento de sobreviventes, investigação sobre as razões dos ataques com vários pontos de vista e entrevistas com pesquisadores. Por falar em pontos de vista diferentes, a matéria registra o caso das estatísticas divulgadas pelo governo, as quais eram questionadas, levantando-se a hipótese de números maquiados para não afetar a atividade turística na região. Também é curioso como o jornalista Fernando Netto faz referência aos nomes das praias de Boa Viagem e Piedade, para trazer à tona uma situação curiosa e controversa de forma sarcástica e inteligente: como uma praia cujo nome é Piedade tinha tantas vítimas de ataque de tubarão contabilizadas? As fotos das vítimas que foram entrevistadas ficaram muito boas, assim como as entrevistas. Eu gosto

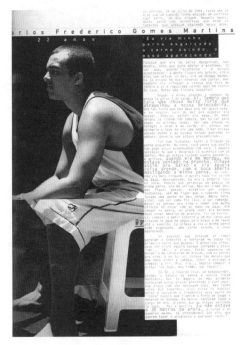

muito da minha foto nessa matéria, que ficou bem-feita e mostra minha prótese de perfil. Creio que, das matérias impressas de que participei, essa foi, sem dúvida, uma das mais bem elaboradas.

JORNAL FOLHA DE PERNAMBUCO

Lei demorou sete anos para valer

De 1992 até 1998, 38 ataques de tubarão ocorreram entre o Cabo de Santo Agostinho e Paulista, segundo Corpo de Bombeiros. Apenas em maio de 1999 foi decretada a lei estadual 21.402, que impede a prática do surfe e a utilização de embarcações miúdas nessa área. Desde então, contabilizaram-se sete casos. Para as vítimas anteriores ao decreto, a desinformação e falta de providências das autoridades durante seis anos contribuíram para as estatísticas alarmantes.

O *bodyboarder* Charles Veras, 25 anos, foi um dos primeiros a ser atacado, em 23 de janeiro de 1993. Na época, ele lembra que ainda estava presente o sentimento de "comigo isso não acontece" entre os surfistas. Mesmo sabendo que quatro meses antes um amigo tinha sido atacado em Boa Viagem. "Não era um problema bem divulgado como hoje. Por isso, não considero que fui imprudente, mas desinformado".

Para o professor Frederico Martins, a maior dificuldade pós-ataque foi a adaptação à prótese que usa no pé direito, arrancado em 24 de julho de 1994 quando surfava em Boa Viagem. "A culpa não é do surfista ou do tubarão. As autoridades não tomaram providências a tempo, foram omissas para não afastar os turistas".

Para Frederico, governo e prefeitura foram omissos

A *Folha de Pernambuco*, jornal de Recife, fez uma entrevista comigo para saber a minha opinião sobre os ataques. Foi uma matéria curta, diferente de outras que sempre se repetiam nas perguntas. No caso, a *Folha* procurou a opinião de "veteranos" nos ataques de tubarão para comentar sobre as ações do governo em relação aos ataques dos últimos anos. Eu comento o descaso das autoridades responsáveis em tomar uma providência mais ágil e efetiva, levando alguns anos para ser colocada em prática alguma ação que levasse à diminuição dos ataques. No texto, a repórter cita que a minha prótese é utilizada na perna direita, quando, na realidade, é na perna esquerda.

JC ONLINE – ESPECIAL TUBARÕES[23]

Este é, sem dúvida alguma, o maior conteúdo jornalístico sobre os ataques de tubarão em Pernambuco. O JC OnLine (hoje NE10) desenvolveu um site que reuniu diversas informações, reportagens, fotos, vídeos e opiniões dos internautas. Algumas das informações que utilizei para escrever este livro foram extraídas de lá. O rico conteúdo desse *website* pode munir absolutamente qualquer um sobre a temática dos ataques na costa pernambucana. Atende tanto os curiosos quanto os especialistas. É, de fato, um material valioso para quem tem interesse no tema.

A entrevista que cedi ao site do *JC OnLine* foi diferente de todas as outras de que já tinha participado. Pela minha

23 <http://www2.uol.com.br/JC/sites/tubarao/index.htm>

formação em turismo e sendo professor da área, fui consultado para abordar a relação dos ataques de tubarão e o turismo local. A entrevista foi também gravada em vídeo e disponibilizada no site, onde comento que Recife poderia tirar proveito do tema tubarão, em vez de esconder e ser omisso no caso. Produtos poderiam ser originados, utilizando a temática do tubarão. Isso, inclusive, geraria oportunidades para as próprias vítimas dos ataques, que poderiam se inserir nas atividades de alguma forma. Eu me sinto muito à vontade de falar disso, pois fui vítima e não vejo problema algum na proposta nem a considero uma falta de respeito com as vítimas. O negócio é tocar a bola para a frente e tentar reverter a situação a seu favor. Como já falei, em toda dificuldade existem oportunidades, basta que tenhamos um olhar inovador para a situação e nos arrisquemos a quebrar paradigmas. Contudo, uma possível iniciativa pública de explorar a imagem dos tubarões sem prestar nenhuma assistência às vítimas seria, sim, uma situação muito desrespeitosa com elas. Eis um trecho da reportagem que foi publicada no site[24]:

O turismólogo pernambucano Fred Martins, que teve o pé esquerdo decepado após um ataque de tubarão enquanto surfava na Praia de Boa Viagem, em 1994, tem várias ideias para o setor tirar proveito dos peixes: "Poderíamos fazer uma ponte com o turismo de guerra, como, por exemplo, quando pessoas visitam campos de concentração na Europa. Recife precisa incorporar o tubarão a ela. É uma situação nova e devemos encará-la de forma inteligente", raciocina. Fred acredita que, em vez de a cidade ficar conhecida como a que tem o maior índice de ataques de tubarão no país, poderia inverter a situação. "Por que não

---

24 <http://www2.uol.com.br/JC/sites/tubarao/materia_ideias.htm>

termos uma exposição permanente sobre os tubarões, mostrar os benefícios que eles trazem à medicina, elaborar um roteiro turístico sobre seu percurso ou ter um orelhão com a forma de um tubarão sorrindo no calçadão? Ele poderia ser amigo do turista, não aquele monstro; era preciso trocar o anúncio das placas da praia e dizer os cuidados que se deve tomar, no lugar de anunciar perigo."

Creio ser oportuno explicar melhor a proposta que fiz durante essa entrevista para que as pessoas não tirem conclusões precipitadas. Atualmente, em Recife, a situação é de total desconexão entre o dia a dia da cidade e os tubarões. Eles só são referenciados nas placas de perigo ao longo da orla e lembrados quando alguém é atacado. O perigo é iminente se os banhistas e os praticantes de esportes náuticos não tomarem os devidos cuidados. Vez por outra essas situações de perigo são esquecidas pelos banhistas e desconhecidas pelos turistas porque os tubarões não são lembrados em outras situações. Se tivéssemos a possibilidade de inserir o tema tubarões à experiência turística e cultural de Recife, conseguiríamos resolver o problema da desinformação e, também, reverter a imagem negativa atribuída por muitos aos tubarões. Isso poderia gerar emprego e renda às vítimas que hoje sofrem com as sequelas de seus ataques, dando a elas a oportunidade de fazerem parte desse projeto.

Algumas pessoas, com uma cabeça mais conservadora e cheia de medos, dirão que essa ideia é uma loucura e que estaríamos explorando a desgraça alheia. Porém, a meu ver, Pernambuco tomaria uma decisão corajosa e inovadora com essa iniciativa. Encarar os ataques de tubarão como um problema nunca resolverá a situação. O grande desafio em Pernambuco hoje é buscar harmonia entre terra e mar. Vou mais além. Diria, inclusive, que apoiar um projeto como esse seria uma grande oportunidade para o Porto de Suape tentar reverter o dano à sua imagem perante a população pernambucana, provendo a infraestrutura necessária para compensar o estrago que foi feito após sua construção.

Camiseta comercializada na Casa da Cultura de Pernambuco, tirando proveito dos ataques de tubarão com bom humor. Foto do autor.

Os meios de comunicação exploraram muito a situação dos ataques de tubarão em Recife, mas o assunto só rendeu por conta da imagem de mau que o animal tem, já disseminada ao redor do mundo. Esse assunto só foi tratado de forma mais amena pela imprensa especializada e séria, que chegou a explicar com profundidade o que de fato estava acontecendo na região. Atualmente, mesmo com a diminuição dos ataques em Recife, comparando-se a 1994, o assunto é lembrado vez por outra pelos jornais. Em 2011, o *Correio Braziliense*, jornal de Brasília, publicou uma matéria extensa sobre o caso dos ataques de Recife, que contou com a entrevista de algumas vítimas. Em 2013, o assunto voltou à tona com a morte de mais uma banhista e, como sempre, a mídia estava de prontidão para debater sobre o tema, que parece nunca sair de pauta. Apesar dos tropeços, em minha opinião, não podemos negar a importância dos meios de comunicação para o esclarecimento e a desmistificação de temas pouco conhecidos ou mal-entendidos pela grande massa. É fundamental que divulguemos informações que enriqueçam o debate sobre o tema, em vez de causar pânico ou criar uma imagem errônea sobre os tubarões.

Links para visitação:

Especial Tubarões JC Online
http://www2.uol.com.br/JC/sites/tubarao/

Revista Trip: Matéria sobre os ataques de tubarão em Recife
http://books.google.cl/books?id=lC0EAAAAMBAJ&prints
ec=frontcover&hl=pt-BR#v=onepage&q&f=false

O DIA A DIA NA ERA DOS ATAQUES NA PRAIA DE BOA VIAGEM

Por mais que estejamos atentos ao que já foi noticiado, nenhuma experiência é mais esclarecedora do que viver o problema de perto. E foi isso que vi quando participei do especial "Tubarões", publicado pelo JC OnLine de Recife. No meu caso, em particular, fiquei responsável pelas consequências dos ataques para o esporte. E o que vi foi a decadência da indústria do surfe na Região Metropolitana de Recife. Marcas que tinham grandes lojas, inclusive frequentadas por muitos de meus amigos, simplesmente transformaram-se em empresas de fundo de quintal. O que tinha grande potencial de crescimento no início do século virou empreitada para corajosos. Espero que um dia a coragem deles seja recompensada.

Wladmir Paulino – Jornalista de Esportes do *NE 10* – Pernambuco

Atualmente, poderíamos dizer que os frequentadores da Praia de Boa Viagem, onde ocorreu a maioria dos ataques e é o grande cartão-postal da cidade de Recife, conhecedores dos cuidados que devem ser tomados, aceitaram e se adaptaram ao novo contexto ao qual essa belíssima praia está inserida atualmente. Porém, tal adaptação veio com o custo da integridade física dos frequentadores da praia e, em muitos casos, da própria vida. Essa prudência de hoje também se reflete em uma série de mudanças comportamentais dos frequentadores da praia. A preferência pelo banho de mar sofreu com os ataques e hoje existem pessoas que acham melhor não entrar na água, e outras que se banham apenas na área rasa. O banho de mar mais ao fundo também fica por conta e risco do banhista, e, se for avistado por algum salva-vidas nas proximidades, ele será advertido e convidado a retornar a uma área mais segura, como vi por diversas vezes.

Os comerciantes que vendem bebidas na areia da praia viram a oportunidade de lucrar com a situação, oferecendo serviços extras, alugando pequenas piscinas plásticas para as crianças brincarem, já que alguns pais temiam levar os filhos para dentro da água. Outros pegam água com regadores de planta e molham os seus clientes nas cadeiras para refrescar. Quem cresceu na Praia de Boa Viagem vê quanto o cenário mudou. Atualmente, não se compara o número de pessoas dentro da água com o de antigamente, antes da série de ataques. Porém, é importante dizer também que muitos optam por não se banhar nas águas da praia por considerarem a água suja demais para esse fim, limitando-se apenas ao banho de sol.

Aqueles que não deixam de se banhar preferem entrar na água quando a maré está baixa, pois os arrecifes aparecem e formam piscinas naturais, o que faz crer que eles ficam protegidos pela barreira natural de pedras. Outros não se arriscam, mesmo com as piscinas e barreiras, pois acreditam que existe a possibilidade de o tubarão ter ficado do lado de dentro das piscinas naturais depois de a maré baixar. Isso é possível? Para ser honesto, eu não sei, mas não houve nenhum ataque de tubarão, até hoje, dentro das piscinas naturais com maré baixa. Apesar disso, para os mais cautelosos, sempre existe uma primeira vez, e eles não querem ser as primeiras vítimas.

Nas últimas vezes em que estive na Praia de Boa Viagem, no entanto, ainda consegui ver pessoas se arriscando no banho um pouco mais ao fundo. Conversando com o pessoal do Instituto Oceanário de Pernambuco, que tem um trabalho de educação junto aos frequentadores da praia, me foi relatado que a conscientização dessas pessoas não é tarefa fácil. Dois são os fatores que pude perceber na conversa, que dificultam a ação preventiva de manter os banhistas longe do perigo: o baixo nível de escolaridade de parte dos frequentadores e a ingestão de bebida alcoólica na praia.

Ação de conscientização feita pelo Instituto Oceanário de Pernambuco na Praia de Boa Viagem. Imagem cedida pelo Instituto Oceanário de Pernambuco.

O primeiro fator faz com que as pessoas não compreendam o aviso que está sendo dado, ignorando completamente o risco iminente de um ataque de tubarão no local. Desprezar a situação ou achar que nada irá acontecer com eles é o mais corriqueiro. O segundo fator passa pela perda total da noção do real, dependendo da quantidade de álcool ingerida, fazendo com que essas pessoas não tenham o mínimo controle de seus atos. Às vezes, relatado pelos próprios voluntários, existe um comportamento até agressivo por parte de alguns banhistas, que reclamam ter o seu lazer limitado e que não irão obedecer às orientações.

O personagem Beto Barão. Imagem cedida pelo Instituto Oceanário de Pernambuco.

Por outro lado, a ação[25] do Instituto Oceanário de Pernambuco é bem recebida pelas pessoas mais esclarecidas, que dão total apoio à ação de educação desenvolvida por eles. A criançada tem muita curiosidade e, segundo o pessoal responsável pelo Instituto, quando eles montam a tenda na Praia de Boa Viagem, as crianças são as principais frequentadoras. Essa preocupação com a educação da criançada gerou a ideia do personagem Beto Barão, um simpático tubarão que explica em quadrinhos os cuidados que se deve tomar ao entrar nas águas da Praia de Boa Viagem. Essa ação do Oceanário também se estende às escolas. O pessoal distribui panfletos informativos, mostra as espécies de tubarões e explica o seu comportamento.

Na região em que costumávamos pegar onda, já não é mais possível a prática do surfe. Além de a prática estar proibida, poucos são aqueles que topariam arriscar-se a entrar na água para surfar. Porém, aquela que poderia ser a nova geração do surfe da Praia de Boa Viagem substituiu o esporte pelo *skimboard*, que se trata de uma prancha menor, fina, plana, que desliza sobre a areia e a água em velocidade. Vi aos montes os garotos indo à praia com a sua prancha debaixo do braço. Já houve até campeonato patrocinado por uma grande marca de bebida energética com esse que parece ser o novo esporte do local. Como são poucas as pessoas na água, como já falei, eles não têm problema ao executar as manobras que são feitas ainda na areia.

Por falar em nova geração do surfe, aqueles que se sentiram afetados pelos ataques de tubarão e, por isso, perderam o seu lazer, criaram uma organização sem fins lucrativos chamada Instituto Praia Segura. Checando o blog do Instituto, achei a seguinte apresentação: "O Instituto Praia Segura é uma

---

25 Foi criado um personagem, Beto Barão, para esclarecer, de forma descontraída, os cuidados que devem ser tomados no banho de mar na faixa considerada de risco do litoral pernambucano.

ONG formada por um grupo de amigos: ex-surfistas, advogados, empresários, psicólogos, médicos, entre outros, que presta apoio às vítimas de tubarões e realiza ações de conscientização da população".

Garoto se joga no *skimboard*, esporte que ganhou força depois dos ataques de tubarão em Recife. Foto do autor.

O carro-chefe do Instituto Praia Segura, pelo que entendi, é a instalação de uma rede de proteção em trechos do litoral pernambucano para que o surfe retorne de forma segura aos locais que hoje são considerados áreas de extremo risco, além de proporcionar o banho de mar mais seguro. O Instituto se envolveu durante anos com o estudo dessa rede de proteção, que teve como referência a tecnologia já utilizada com sucesso em Hong Kong. É bom comentar que as redes são utilizadas em diversos países que têm esse "problema" com os tubarões. A intenção da ONG é louvável, porém parece existir uma divergência entre eles e alguns especialistas que desaconselham a ação, por considerar a rede uma solução antiecológica. Em defesa, os mentores da ideia da rede afirmam que ela possui tecnologia que visa proteger o ecossistema marinho, ou seja, animais marinhos não ficariam presos na rede. A minha opinião sobre isso não é precisa, pois não tenho informações mais detalhadas para saber como seria o processo de instalação das redes e também desconheço os principais entraves para a instalação dessa proteção. Além disso, estou longe de Recife. Entretanto, creio que o estrago sofrido pela costa pernambucana, consequência das ações do homem contra a natureza, está feito e é irreversível. Apesar de ter sido vítima, de amar o surfe, eu não vejo a rede de proteção como uma solução para trazer segurança aos surfistas e banhistas. Quer dizer, segurança pode até trazer por um determinado período, porém os custos com instalação e, principalmente, manutenção, não me parecem baixos. Imagine se um estado que possui uma estrutura hospitalar pública péssima, educação deficiente e que não consegue controlar o avanço da violência urbana de forma estruturada vai ter o cuidado de manter e verificar o estado de conservação de tal rede de proteção? A não ser que tudo isso seja bancado e monitorado pela iniciativa privada. Caiamos na real: Pernambuco não é a Austrália. Quando a sujeira começar a se acumular, a tela de proteção começar a se danificar, quem irá tomar conta dessa batata quente? A solução apropriada, e não vejo outra, apesar de não ser um especialista, é a adequação do dia a dia a uma nova rotina. Temos que ter consciência de que o mais interessante seria identificar os culpados por essa alteração ambiental que nos trouxe sérias consequências e cobrar deles. Infelizmente essa é uma tarefa que dificilmente terá êxito. Eu mesmo já tentei investigar como achar os culpados e percebi que não é impossível, mas extremamente difícil de atribuir essa culpa a alguém, por falta de provas convincentes, pelo tempo que já passou e, também, por uma questão de poder político. A rede de proteção atrairia mais turistas para a cidade? Eu duvido muito. Já ficou mais do que provado que os tubarões não espantam os turistas. O que os espanta é a violência, a falta de infraestrutura adequada de serviços ao turista, a sujeira, atrativos turísticos mal explorados e mal conservados. A tabela[26] a seguir é resultado de uma pesquisa da prefeitura de Recife, em 2005, quando 500 turistas foram entrevistados para opinar sobre a Praia de Boa Viagem e os ataques de tubarão. Apesar do medo que se tem dos tubarões, quando se fala de banho de mar, a porcentagem dos que dizem querer retornar a Recife é alta.

Principais dados extraídos do estudo sobre o impacto dos incidentes com tubarão nas praias do Recife:

O senhor(a) visitou a Praia de Boa Viagem?

Visitou	73%
Não visitou	27%

Por que o senhor(a) não tomou banho de mar na Praia de Boa Viagem? (para quem respondeu que foi à praia)

Prefere passear no calçadão	31%
Os ataques de tubarão	30%
Praia poluída	9%
Não deu tempo	10%
Outros	16%

Por que o senhor(a) não foi à Praia de Boa Viagem? (para quem respondeu que não foi)

Não deu tempo	58%
Não gosta de praia	15%
Não tem atrativo	9%
Não opinou	6%
Os ataques de tubarão	2%
Outros	11%

O senhor(a) ficou sabendo dos ataques de tubarão antes ou depois de chegar ao Recife?

Antes	90%
Depois	10%

O senhor(a) pretende ou não retornar ao Recife?

Pretende	95%
Não pretende	4%
Não informou	1%

Fonte: ADM&TEC / Prefeitura do Recife - 2005

26 http://www2.uol.com.br/JC/sites/tubarao/materia_turismo.htm

Honestamente, espero que todas essas expectativas pessimistas que tenho sobre a possibilidade de instalação de uma rede na área estejam erradas e o projeto do Praia Segura dê muito certo e sirva de exemplo para o mundo como um caso de sucesso. Existe ainda um grupo, cujo nome não citarei, que é uma ala radical contra os tubarões. O lema deles é: "Lugar de tubarão é na panela". Eles sugerem que deveria existir uma caça aos tubarões para diminuir a população do animal na área e, assim, deixar a praia mais segura. Existe um debate quente na internet sobre esse assunto, e o que deu para perceber é que esse radicalismo não é apoiado pela maioria das pessoas. Diante dessa proposta de pesca dos tubarões, algumas organizações que defendem o meio ambiente elaboraram um abaixo-assinado contra esse projeto, argumentando que seria uma ação que causaria impactos negativos ao equilíbrio do ecossistema marinho. Os responsáveis pelo referido projeto apelidaram os defensores dos tubarões de "shark lovers" e listam uma série de razões para matarem os tubarões, a exemplo da "Constituição Federal Brasileira, que é bem clara quando prioriza a vida do cidadão brasileiro", nas palavras deles. Vale salientar que esse sentimento de vingança com o intuito de exterminar os animais é encontrado também em outras regiões com histórico de mortes por ataques de tubarão.

Eu vejo esse debate de forma positiva. É assim que as propostas são construídas de forma sólida, quando conseguimos colocar diferentes pontos de vista em conflito. Agradar a todos é uma tarefa impossível e nunca acontecerá. Como falei, não podemos prejudicar ainda mais as grandes vítimas disso tudo, os tubarões, em defesa do nosso lazer nas águas dessas praias. Existe uma tese de controle populacional dos tubarões, pois alguns acham que eles infestaram as águas desses locais com ocorrência de ataques.

Nas pesquisas que li, não encontrei nenhuma informação sobre esse aumento populacional de tubarões, mas sim um aumento do número de banhistas e praticantes de esportes náuticos no mundo inteiro, amplificando a probabilidade de ataques. Além disso, para enfraquecer essa hipótese de superpopulação de tubarões, existem dados que comprovam que alguns deles estão à beira da extinção, como é o caso do tubarão-branco. Mais de 70 milhões de tubarões são mortos por ano para a retirada apenas de suas barbatanas, para fazer uma sopa afrodisíaca muito apreciada na Ásia. Soma-se a isso a maturidade tardia desses animais, o número baixo de filhotes, a gestação longa, entre outros fatores que põem por água abaixo a tese de que o controle populacional dos tubarões seria a solução mais adequada.

Alguns tubarões, como é o caso do tubarão-branco, tigre e cabeça-chata, estão no topo da cadeia alimentar. Sabe o que aconteceria se eles fossem extintos? Uma explosão na população de leões-marinhos, golfinhos e baleias. Alguns pensariam: "Que legal, mais bichinhos bonitinhos no mar". Mas esses bichinhos bonitinhos, em uma quantidade muito superior à normal, poderiam diminuir o volume de peixes nos oceanos, principal fonte de alimento deles, o que significaria uma escassez desse tipo de alimento para a população da Terra, que não para de crescer a cada século que passa. Em 1900, 1,6 bilhão de pessoas habitavam o planeta. Em 2011 já éramos 7 bilhões e as previsões indicam que chegaremos a 8 bilhões em 2026. Será que é isso que queremos? Ter um planeta desequilibrado para atender aos nossos desejos de lazer imediatos?

Apesar das visões diferentes, argumentos e contra-argumentos, o fato é que, como a situação dos ataques de tubarão foi noticiada no Brasil inteiro e no mundo, hoje em dia as pessoas de fora de Pernambuco fazem brincadeiras com a situação e até registram a sua passagem por Recife tirando fotos ao lado das placas que alertam sobre o perigo dos tubarões na área. Eu mesmo já presenciei diversas vezes essa curiosa situação.

Turistas frequentemente tiram fotos da placa que alerta sobre os riscos de ataque de tubarão na Praia de Boa Viagem.
Foto do autor.

Aí eu fico matutando: se as pessoas são tão curiosas em relação ao que acontece com os tubarões em Recife, por que não, como já falei, incorporar os tubarões à experiência turística e cultural de Pernambuco de forma educativa e respeitosa? Mostrar a todos que, apesar do que aconteceu, nós não somos contra os tubarões e que eles são importantes para o equilíbrio marinho. Eu costumo fazer um comparativo com os locais que foram usados para tortura e morte durante a Segunda Guerra Mundial, visitados por pessoas do mundo todo. Por que esses locais não são destruídos, tendo em vista a vergonha que esses centros de extermínio representam para a história da humanidade? Não se trata de turismo mórbido. Simplesmente, visualizar aquelas câmaras de gás ao vivo e pensar no mal que causa uma guerra é muito mais forte para as pessoas do que se elas apenas lessem em um livro sobre tal fato. As pessoas querem estar lá, querem sentir o ambiente e se sensibilizar e, muitas vezes, mudar de opinião sobre o que acontece ao seu redor. Deveríamos utilizar o exemplo de Pernambuco como um meio de esclarecimento ao público, inclusive os turistas. Em 14 de novembro de 2012, aconteceu uma situação muito curiosa. Foi o lançamento pela Marvel, empresa de quadrinhos de super-heróis, criadora do Homem de Ferro, Hulk, Wolverine, entre muitos outros super-heróis, da heroína Iara dos Santos, a *Shark Girl*. Iara é uma estudante nascida na cidade de Recife e moradora do bairro de Boa Viagem, que, coincidentemente ou não, concentra a maioria dos ataques de tubarão do estado de Pernambuco. Ela teria um apetite insaciável por peixes e o poder de se transformar em tubarão. Essa capacidade daria a ela, também, poderes especiais, como *Super Human Speed* e *Super Human Stamina,* além de ficar mais agressiva ao ter contato com sangue, instinto característico dos tubarões. Até a Marvel colocou Pernambuco em evidência com a *Shark Girl*. Por que não tirar vantagem disso e assumir a relação com os tubarões de frente, transformando um contexto negativo em algo positivo?

Somos seres humanos e, por vezes, deixamos a emoção tomar conta de nossas atitudes, mas temos que ter consciência de nossas ações, seus impactos e consequências, para que não causemos ainda mais problemas. O debate em busca de uma solução é sadio e potencializa as alternativas para amenizar a questão. No entanto, é preciso criar soluções equilibradas, tanto para nós como para o perfeito funcionamento da natureza. A situação de Recife é particular, diferindo de outras praias do mundo que registraram ataques de tubarão, porque a causa desses ataques repentinos tem em sua origem a intervenção negativa do homem no meio ambiente. Não apontemos os tubarões como sendo os grandes culpados, pois eles não têm ciência do que está acontecendo. Aliás, a forma como eles agem é milenar, e precede o aparecimento da raça humana no planeta Terra. Sim, eu sou vítima de um ataque violento de tubarão e defensor desses animais. Como diria a ala radical de Recife, um *shark lover*, com muito orgulho.

Links para visitação:

Instituto Praia Segura
http://praiasegura.wordpress.com

Instituto Oceanário
http://www.oceanario.org.br

Instituto Aqualung
http://www.institutoaqualung.com.br/

Iara dos Santos – Marvel Wiki
http://marvel.wikia.com/Iara_Dos_Santos_(Earth-616)

A VIDA: UM OCEANO DE DESAFIOS

Tenho muito orgulho de Fred e me considero sortuda de estar com ele. Todos os dias me faz amá-lo mais, porque ele me mostra qual é o sentido da vida. Certamente, ele é muito mais apto fisicamente do que muitos por aí, forte, por sua autoconfiança e vitalidade.

Agathi Kiskini – esposa

A vida está cheia de desafios, que se apresentam para nós todos os dias. Assim como no videogame e no Jogo da Vida, existem diferentes níveis de desafios. Porém, o grau de dificuldade desses desafios não é definido pela vida, mas sim por nós mesmos. Ir ao supermercado fazer compras ou ter que sair de casa para pagar uma conta de telefone, por exemplo, pode ser um grande desafio para muitos, devido à preguiça que os invade e não os deixa sair da frente da TV e do conforto do sofá para canto nenhum. Para outras pessoas, ir ao supermercado não chega a ser um desafio. Alguns acham que perder peso é um grande desafio. Por outro lado, manter o corpo em forma é a diversão de muita gente. Perder um membro do corpo é o fim da vida de muitos. Para outros, é um novo começo, o início de uma vida diferente. Somos desafiados diversas vezes, mas cada um encara essas situações do seu jeito.

Quando as pessoas veem os desafios de forma negativa, eles se tornam problemas. E é difícil conviver todos os dias com problemas. Nós adiamos os dias de encarar os problemas. Sofremos para tentar solucionar um problema. Eu tenho diversos problemas em minha vida. Porém, de algum tempo para cá, venho tentando transformá-los em desafios. Um exemplo é a academia de musculação. Quando você diz "eu vou malhar" ou "eu vou para a academia", no fundo, no fundo, você está em uma batalha interna para vencer a preguiça de fazer exercícios físicos. Você criou, ao se matricular na academia, um problema para si. Por outro lado, quando você diz para si mesmo "eu vou treinar", a situação soa diferente. Você acaba de estabelecer um compromisso consigo mesmo, de dar forma a um novo desafio. Você passa a ter um objetivo a ser alcançado. Criamos metas e trabalhamos duro para cumpri-las. Vencer um desafio e resolver um problema geram resultados diferentes. Quando resolvemos um problema, temos uma sensação de alívio, algo de que conseguimos nos livrar. Quando vencemos um desafio, a sensação é de vitória, de satisfação, de dever cumprido, de superação.

Em diversos momentos, porém, não encontramos força para transformar problemas em desafios. É difícil mesmo. A tal força de vontade é muito mais do que um desejo, pois envolve sair da inércia, movimentar-se. Um dos combustíveis para as pessoas que têm dificuldade de sair da inércia são os bons exemplos. É possível encontrar, ao redor do mundo, casos de pessoas que transformaram seus problemas em desafios, encararam-nos e os venceram. Essas pessoas servem como referência positiva. Motivam-nos e deixam claro que é possível fazer algo se de fato desejamos.

Nos dias de hoje, essa referência positiva é facilmente encontrada na internet, nos livros, em nossa vizinhança e até em nossas famílias. Mencionei aqui algumas referências que tive para começar alguns projetos pessoais, que foram as comunidades em redes virtuais de relacionamento, os vídeos na internet e os documentários na TV sobre pessoas que fazem esportes radicais em condições semelhantes à minha e, até, em situações mais difíceis (como andar de cadeira de rodas em uma pista de skate). Isso funcionou como um energético para mim: saber que existem pessoas por aí praticando esportes radicais na condição de PNE. Não é porque você perdeu um membro ou anda de cadeira de rodas que a vida acabou. Eu gostaria de ter a força de vontade de muitos cadeirantes que tocam a vida numa boa e não têm vergonha de sua condição física. Quando você vir pela rua uma pessoa com necessidades especiais, não olhe para ela como se fosse uma pessoa deficiente ou coitadinha, mas sim como uma pessoa normal. Tire de sua cabeça que nós temos um padrão físico a ser seguido. Lembre-se de que existem "deficientes sociais" por aí. Esses, sim, deveriam ser olhados de forma diferente, pois não respeitam o próximo, julgam-se acima de tudo e de todos, não lembram que nós compartilhamos o mesmo espaço e que, por isso, temos que respeitar coisas simples para convivermos em harmonia.

Já me disseram que sou um exemplo de superação. Eu nunca me vi como tal. Talvez porque eu imagine que uma pessoa vista como exemplo de superação seja um superstar, um grande palestrante ou autor de livros. Porém, utilizando as minhas próprias palavras, os exemplos de superação podem estar em qualquer lugar, bastando, simplesmente, que nos inspiremos neles.

Não sei ao certo o que seria da minha vida se não tivesse sofrido aquele ataque, em todos os sentidos: profissional, esportivo, amoroso etc. O fato é que aquele momento certamente deu rumo diferente à minha vida, e foi esse curso que segui até hoje. Apesar dos pesares, do que significa não ser completo fisicamente, procurei constantemente não imaginar "como seria minha vida hoje caso isso não tivesse acontecido". Acho que é uma perda de tempo pensar nessas coisas, apesar de ser impossível muitas vezes não fazê-lo, viajar na imaginação, porém sempre mantendo a cabeça equilibrada. Todo ser humano, em algum momento, pensa nisso: "como seria minha vida se..." No meu caso, "como seria minha vida caso eu não tivesse sofrido esse trauma físico?". Pessoalmente, prefiro pensar no agora e no futuro. Acredito que podemos viver cem anos e não fazer nada, como podemos viver poucos anos e desfrutar das melhores experiências do mundo. Por isso, sentir a vida a seu redor agora é mais importante do que imaginar como seriam as coisas se o passado tivesse sido de outra forma. Diferentemente do que muita gente pensa, não guardo nenhum rancor dos tubarões. A minha postura em relação ao que aconteceu em 1994, quando tinha 15 anos, nunca foi a de querer dar o troco ou disseminar uma campanha de ódio contra o animal. Pelo contrário, sempre procurei entender mais sobre o assunto para poder esclarecer todas aquelas pessoas que sempre chegaram a mim para conhecer minha história. A conexão com os tubarões ficou muito mais forte depois do ataque, é claro, e até tatuei um tubarão em minhas costas, registrando abaixo da tatuagem o ano do ataque.

Medo de tubarão eu não tenho, até porque estou fora da água, mas confesso que hoje tenho dois grandes medos. Um é de envelhecer. Não sei o que me espera quando meu corpo começar a ficar fragilizado pela velhice e isso me causar limitações físicas maiores. Se esse processo é normal para qualquer pessoa, imagino que não é nada normal para quem usa prótese. O tempo, além de trazer a velhice, também coloca em nossas mãos um cronômetro com contagem regressiva, especialmente para aqueles sonhos e desejos que deixamos de realizar, fazendo emergir um sentimento de não ter desfrutado a vida o suficiente, colocando-nos em uma batalha diária para vencer a preguiça e fazer tudo aquilo que se tem vontade.

Meu outro medo é o de viajar de avião, que, diga-se de passagem, foi algo que surgiu do nada, após já ter viajado diversas vezes e não ter tido problema algum. Sinto-me em uma roleta-russa quando tenho que pegar um avião. Penso que, em algum voo desses, alguma coisa vai dar errado. Não entra na minha cabeça a confiança que todos têm nessas máquinas gigantescas. Apesar de dizerem que é o transporte mais seguro do mundo, isso não convence a quem perdeu parte da perna em uma situação que também seria uma das mais improváveis de acontecer com alguém, pelo menos até 1994. O medo sempre vai existir, e ele serve como alerta sobre até que ponto nós achamos prudente ir. O medo é o lembrete de que estamos vivos. Aquele que diz não ter medo de nada é um mentiroso. Porém, não podemos deixar que nossos medos nos dominem. Temos que ter coragem de enfrentá-los. Não podemos deixar de viver por conta disso. Não deixei de conhecer o Havaí por ter medo de avião, pois me arrependeria um dia de não tê-lo feito. Tive o prazer de visitar o arquipélago em maio de 2013, juntamente com minha esposa, Agathi. Foi uma viagem inesquecível para mim, não pelas belezas do Havaí (que é lindo, sim, embora talvez não valha a pena pagar tão caro por essa viagem quando, no Brasil, é possível encontrar muita coisa semelhante ou até mais bonita em termos de natureza), mas por ter tido a oportunidade de conhecer o lendário North Shore, da ilha de Oahu, onde nasceu e de onde se expandiu o surfe como ele é hoje. Lá estão os picos de surfe mais conhecidos do mundo, como Pipeline, Waimea, Sunset Beach, entre outros, sempre mencionados nas revistas especializadas no esporte. Além disso, aproveitei para colocar à prova a minha coragem e meus sentimentos em relação aos tubarões. Seguindo o conselho do mergulhador Lawrence Wahba, fiz um mergulho com os tubarões no Havaí, uma atividade turística oferecida regularmente na região. Para a nossa segurança, estávamos em uma gaiola, com pessoas de diversas partes do mundo que também pagaram para participar dessa experiência. Estávamos cercados por, no mínimo, 20 tubarões da espécie galápagos[27]. Alguns deles chegavam a ter o meu tamanho ou mais.

Não foi fácil. Quando se chega, logo os tubarões começam a rodear o barco, esperando que alguma comida seja jogada. Eles se acostumaram com os barcos pesqueiros que jogam iscas no mar. Ou seja, os tubarões ligam o barulho do motor do barco à comida fácil. De cara, eu pensei comigo que não entraria. Após o primeiro grupo entrar, vi que era bem tranquilo e encarei o desafio. Foi uma experiência incrível, executada com muita segurança e profissionalismo. Valeu muito a pena. Se não tivesse enfrentado meus medos, eu não teria a oportunidade de compartilhar essa aventura aqui neste livro.

---

27 O guia informou que eram tubarões dessa espécie que estavam ali naquele momento, mas que outras espécies também habitam aquela área.

Por isso, acredito que temos de aprender a superar os nossos limites e nossos medos, buscando os nossos objetivos, correndo atrás daquilo que queremos. Se não der certo, pelo menos tentamos, e, se der certo, ficaremos muito felizes, pois, acima de tudo, nos superamos.

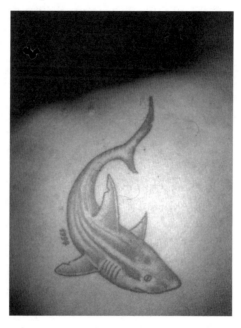

Tatuagem feita em 2008, como lembrança do meu acidente.
Foto do autor.

Creio que minha história traz um alerta sobre o desrespeito que temos em relação ao meio ambiente. O equilíbrio natural não é assunto apenas do Greenpeace, mas sim de todos nós. Temos que cuidar bem de nossa casa, pois, aos poucos, estamos acabando com ela, ecológica, econômica e socialmente, para atender os interesses de poucos. Utilizemos nossa inteligência para construir um mundo melhor e não para destruí-lo, que beneficie a coletividade e não o interesse ganancioso de um grupo de pessoas ou empresas. Quanto aos tubarões, espero que eles permaneçam nos mares por milhares de anos e que continuem nos surpreendendo com seus mistérios e sua beleza. O que temos que ter é respeito com relação aos bichos e procurar entendê-los. Não podemos pensar que o homem pode modificar o meio ambiente sem levar em consideração as consequências. Devemos encarar de forma séria essas questões. Devemos entender que a prática da preservação ambiental deve ir além da preservação do belo. É importante para a sobrevivência que o homem entenda que, aos poucos, ele próprio está sufocando os seus recursos. Temos o hábito de colocar a culpa nos outros e, muitas vezes, em pessoas e seres que nem podem se defender, como é o caso dos tubarões. Sejamos racionais e paremos para pensar que o homem só conseguirá sobreviver com qualidade de vida nas próximas décadas se deixar de se ver como o centro do universo e passar a pensar que ele é parte de um conjunto, de um equilíbrio. Temos que enxergar que os verdadeiros predadores, em muitas situações, somos nós. A ignorância e a estupidez dos seres humanos são venenos que contaminam a inteligência. O grande aprendizado que guardo após o ataque que sofri é que devemos respeitar os tubarões para sermos respeitados por eles. Dia desses descobri o caso de uma canadense que perdeu parte do braço em um ataque de tubarão em Cancun. Isso ocorreu em 2011, mas ela, assim como eu, não tem nenhum rancor em relações aos tubarões. Pelo contrário, ela é defensora desses animais. Li uma entrevista dela em um site canadense falando dessa relação boa que ela tem com os temidos tubarões e me surpreendeu ver um comentário de um internauta ao comparar a situação dela com a de uma mulher violentada que tem uma relação de amizade com seu estuprador. Um absurdo. Quem estupra, quem puxa o gatilho para matar alguém, quem planeja milimetricamente um assalto, sabe muito bem o que está fazendo e as consequências de seus atos. Comparar o instinto de sobrevivência de um tubarão à atitude de um estuprador é a mais pura prova da estupidez e arrogância humana.

Longboarding. Eixão – Brasília. Foto do autor.

Quanto ao surfe, ele já não faz mais parte de meu dia a dia, mas sempre levarei seu espírito comigo. Será, para mim, o melhor esporte de todos. Quem sabe, um dia, eu volte às ondas... Quem sabe, um dia, eu esteja contando como foi o meu retorno em um novo livro. Aliás, até encontrei um esporte para matar a saudade do surfe: o skate. O asfalto me faz ter a sensação de estar descendo uma onda de verdade e me mostra que os caminhos a serem desbravados nesta vida só dependem de minha atitude. Já achei meu ponto de equilíbrio nas quatro rodinhas usando a minha prótese, e fiquei orgulhoso de mim mesmo ao ver mais um desafio vencido.

E quanto a você, quais são os seus desafios? Está disposto a encará-los? Ou eles serão sempre problemas? Tic-tac, tic-tac, o cronômetro da vida não para. Vai ficar observando a vida passar ou vai desfrutar do melhor que ela tem para lhe dar? Não importa aonde você quer chegar; trabalhe duro e encare seus problemas como desafios. Vença-os. Você se sentirá muito melhor.

ANEXO I

DECRETO[1] N. 21.402, DE 6 DE MAIO DE 1999

Estabelece a interdição para prática de surfe, bodyboarding e atividades náuticas similares, de áreas da orla marítima do estado que indica; disciplina sua fiscalização e dá outras providências.

O GOVERNADOR DO ESTADO, no uso das atribuições que lhes são conferidas pelo art. 37, incisos II e IV, da Constituição Estadual, fundamentado no art. 2º, inciso VIII da Lei Estadual nº 11.199, de 30 de janeiro de 1995;

CONSIDERANDO a constatação de índice elevado anormal de ataques de tubarão, que vêm vitimando os praticantes de surfe, em determinadas áreas da orla marítima do Estado;

CONSIDERANDO a necessidade premente de instituir e disciplinar medidas coercitivas adequadas para efetivar o policiamento da prática de surfe, e atividades análogas, nas áreas de risco iminente;

CONSIDERANDO a atribuição Constitucional do Estado, conjunta com os outros entes Federados, em adotar medidas que almejem a proteção e defesa da saúde, integridade física e bem-estar da população;

---

1 Fornecido pelo Instituto de Pesquisas e Preservação Ambiental Oceanário de Pernambuco – IOPE.

CONSIDERANDO o objetivo principal e inadiável de reduzir ao máximo a estatística alarmante de ataques de tubarão, observada especificamente em relação aos praticantes e desportistas do surfe em nosso estado, DECRETA:

Art. 1º Fica instituída área de interdição, para as práticas de surfe, bodyboarding e atividades desportivas náuticas similares, na faixa litorânea da orla marítima dos seguintes municípios: Paulista; Olinda; Recife; Jaboatão dos Guararapes; e Cabo de Santo Agostinho.

Art. 2º Compete ao Corpo de Bombeiros Militar, sem prejuízo das competências previstas na Lei Estadual nº 11.199, de 30 de janeiro de 1995, na efetivação do presente decreto:

I - prestar orientação e esclarecimentos à população acerca das áreas de perigo interditadas, e sobre as restrições que trata este Decreto;
II - fiscalizar as áreas interditadas, proibindo a prática das atividades dispostas no artigo anterior;
III - apreender pranchas, embarcações miúdas e equipamentos dos indivíduos que violarem a interdição instituída por este Decreto na forma disciplinada pelo art. 4º;
IV - disciplinar, mediante portaria, a extensão dos efeitos deste Decreto sobre as atividades similares, previstas no artigo anterior, e autorizar a realização de campeonatos desportivos náuticos, e outros eventos, de tais atividades, em zonas situadas na área de interdição, de acordo com a avaliação de risco à saúde e à integridade física dos participantes.

Art. 3º Cabe ao Corpo de Bombeiros Militar, quando da apreensão que dispõe o inciso III do artigo anterior, tratando-se de menor de 18 (dezoito) anos de idade, encaminhar a criança ou o adolescente ao Conselho Tutelar competente, na *forma estabelecida pelo artigo 136 da Lei nº 8.069, de 13 de julho de 1990, Estatuto da Criança e do Adolescente, para a adoção das Medidas de Proteção, capituladas no artigo 101 do mesmo Diploma Legal.*

Art. 4º O Corpo de Bombeiros Militar, no exercício de suas atribuições legais, efetivará a apreensão das pranchas, embarcações miúdas e equipamentos destinados ao exercício das atividades dispostas neste Decreto, sempre que violada a interdição ora decretada.

§ 1º A autoridade do Corpo de Bombeiros Militar promoverá a apreensão cautelar dos objetos citados neste artigo, quando encontrados na área interditada, ainda que à beira-mar, tendo-se como presumida a intenção do portador em inobservar a interdição que trata este Decreto.

§ 2º A apreensão que trata o presente artigo operar-se-á mediante recibo entregue ao possuidor da prancha, embarcação ou equipamento, devendo os objetos apreendidos ser encaminhados ao estabelecimento oficial do Corpo de Bombeiros Militar, só podendo ser liberados após o cumprimento das seguintes exigências:

I - comparecimento do proprietário do objeto apreendido, ou dos pais ou responsáveis, em se tratando de menor;
II - assinatura de Termo de Responsabilidade e de Ajustamento de Conduta; e
III - pagamento das custas relativas à guarda e depósito dos bens.

§ 3º O Comandante Geral do Corpo de Bombeiros Militar, através de portaria, estabelecerá os procedimentos administrativos para apreensão que trata este artigo, observadas as exigências do parágrafo anterior, e em conformidade com a legislação em vigor.

Art. 5º Fica excluída do disciplinamento e da restrição estatuídos por este Decreto, a utilização de embarcações miúdas e equipamentos, por parte de autoridades oficiais, nas atividades de fiscalização, busca, resgate, salvamento e guarda costeira.

Art. 6º O Estado de Pernambuco, através dos órgãos competentes, buscará a celebração de convênios de cooperação junto às municipalidades abrangidas por este Decreto, para promoverem, conjuntamente, medidas de sinalização, orientação e esclarecimentos à população sobre o risco potencial da prática de surfe, bodyboarding e esportes e atividades náuticas similares, nas áreas interditadas por este Decreto.

Art. 7º Este Decreto entra em vigor na data de sua publicação.

Art. 8º Revogam-se as disposições em contrário.

PALÁCIO DO CAMPO DAS PRINCESAS, em 6 de maio de 1999.

JARBAS DE ANDRADE VASCONCELOS
Governador do Estado
HUMBERTO CABRAL VIEIRA DE MELO
ADALBERTO BUENO DA CRUZ
SÍLVIO PESSOA DE CARVALHO

ANEXO II

DECRETO Nº 28.794, DE 30 DE DEZEMBRO DE 2005.

Altera dispositivos do Decreto nº 21.402, de 6 de maio de 1999, e dá outras providências.

O GOVERNADOR DO ESTADO, no uso das atribuições que lhes são conferidas pelos incisos II e IV do artigo 37 da Constituição Estadual, fundamentado no inciso VIII do artigo 2º da Lei nº 11.199, de 30 de janeiro de 1995, e alteração, DECRETA:

Art. 1º O artigo 1º, o inciso II e IV do artigo 2º, o inciso II do § 2º do artigo 4º e o artigo 6º do Decreto nº 21.402, de 6 de maio de 1999, passam a ter a seguinte redação:

Art. 1º Fica instituída área de interdição, para as práticas de surfe, bodyboarding e atividades náuticas similares, na faixa litorânea da orla marítima dos Municípios do Recife ao do Cabo de Santo Agostinho, compreendida entre as latitudes de 8º05'S (Pina) e 8º17,5'S (Itapoama), salvo em locais protegidos por equipamentos que evitem a presença de tubarões. Parágrafo único. Os locais protegidos de que trata o caput deste artigo serão definidos pelo Comandante Geral do Corpo de Bombeiros Militar, após instalação dos equipamentos que evitem a presença de tubarões naqueles locais.

Art. 2º [...]

II - fiscalizar as áreas interditadas e protegidas, proibindo a prática das atividades dispostas no artigo anterior;
[...]

IV - disciplinar, mediante portaria, a extensão dos efeitos deste Decreto sobre as atividades náuticas similares, previstas no artigo anterior, e autorizar a realização de campeonatos desportivos náuticos e outros eventos de tais atividades em locais protegidos, conforme disposto no art. 1º deste Decreto, ou situados na área de interdição, de acordo com a avaliação de risco à saúde e à integridade física dos participantes.
[...]

Art. 4º [...]

§ 2º [...]

II - assinatura de Termo de Responsabilidade; e
[...]

Art. 6º O Estado de Pernambuco, através dos órgãos competentes, buscará a celebração de convênios de cooperação junto às municipalidades abrangidas por este Decreto, para promoverem, conjuntamente, medidas de sinalização, orientação e esclarecimentos à população sobre o risco potencial do banho de mar, da prática de surfe, bodyboarding e esportes e atividades náuticas similares, nas áreas interditadas por este Decreto.

Art. 2º Este Decreto entra em vigor na data de sua publicação.

Art. 3º Revogam-se as disposições em contrário.

PALÁCIO DO CAMPO DAS PRINCESAS,
em 30 de dezembro de 2005.

JARBAS DE ANDRADE VASCONCELOS
Governador do Estado
ELIAS GOMES DA SILVA
JOÃO BATISTA MEIRA BRAGA
SÍLVIO PESSOA DE CARVALHO

DECRETO Nº 29.486, DE 28 DE JULHO DE 2006.

Modifica o Decreto nº 21.402, de 6 de maio de 1999, alterado pelo Decreto nº 28.794, de 30 de dezembro de 2005, e dá outras providências.

O GOVERNADOR DO ESTADO, no uso das atribuições que lhes são conferidas pelos incisos II e IV do artigo 37 da Constituição Estadual, DECRETA:

Art. 1º O artigo 1º do Decreto nº 21.402, de 6 de maio de 1999, alterado pelo Decreto nº 28.794, de 30 de dezembro de 2005, passa a ter a seguinte redação:

Art. 1º Fica instituída área de interdição, para as práticas de surfe, bodyboarding e atividades náuticas similares, na faixa litorânea da orla marítima dos Municípios de Olinda ao do Cabo de Santo Agostinho, compreendida entre as latitudes de 7º59,5'S (Bairro Novo) e 8º17,5'S (Itapoama), salvo em locais protegidos por equipamentos que evitem a presença de tubarões.

Art. 2º Este Decreto entra em vigor na data de sua publicação.

Art. 3º Revogam-se as disposições em contrário.

PALÁCIO DO CAMPO DAS PRINCESAS, em 28 de julho de 2006.

JOSÉ MENDONÇA BEZERRA FILHO
Governador do Estado
RODNEY ROCHA MIRANDA
MARIA MIRTES CORDEIRO RODRIGUES
SÍLVIO PESSOA DE CARVALHO

Visite nosso site e conheça estes e outros lançamentos
www.matrixeditora.com.br

RECEITAS PARA PEGAR MULHER
Autor: Guga Rocha
Quer pegar aquela gata? Comece pegando pelo estômago. Nesse livro você vai encontrar diversos perfis de mulher e receitas específicas para cada tipo. Todas fáceis de fazer e com ingredientes que você encontra sem dificuldade, para garantir seu sucesso na cozinha e nos outros lugares da casa. São menus completos, com entrada, prato principal e sobremesa – e sugestão de bebida para harmonizar. Ou seja, tudo o que é preciso para a mulherada achar você uma delícia.

DE CAIPIRA A UNIVERSITÁRIO
Autor: Edvan Antunes
A verdadeira história da música sertaneja e seus principais fatos, como surgiram diversos clássicos, curiosidades e os personagens que marcaram época e contribuíram para fazer desse gênero o estilo musical preferido de todas as classes sociais do Brasil. Numa linguagem direta, a obra faz uma análise completa das razões que levaram a música sertaneja a vencer todos os preconceitos e barreiras para alcançar o topo das paradas – não só aqui, mas também no exterior.

DIETA COM WHEY PROTEIN
Autora: Geórgia Bachi
O Whey Protein – proteína do soro do leite – é hoje, provavelmente, o suplemento mais conhecido no mundo. Nesse livro você vai ver de maneira clara e concisa os seus benefícios, além de aprender receitas fáceis de serem usadas no seu dia a dia. Se você acha que o Whey Protein é destinado exclusivamente a atletas, vai se surpreender: agora você vai entender por que sua utilização deve ser feita por todos que buscam qualidade de vida, até mesmo crianças, gestantes e idosos.

VIVA E DEIXE VIVER
Autores: Valdir Cimino e Filipe Vilicic
Esta é a história de uma iniciativa que muda a vida de centenas de milhares de crianças e adolescentes. Viva e Deixe Viver está presente em hospitais de vários cantos do Brasil. Começou como uma ideia de Valdir Cimino, ganhou corpo, organização, apoio de profissionais de várias áreas, muitos voluntários e, pelo poder da leitura, está transformando as relações humanas que envolvem médicos, enfermeiros, funcionários da área de saúde, os pacientes e seus familiares. Prepare-se para ler um livro cheio de histórias de coragem, de entrega, de dedicação, de amor e de muita superação.

facebook.com/MatrixEditora